Die BILD Bestseller-Bibliothek

1 Mario Puzo Der Pat
2 Marianne Fredrikss
3 Stephen King Shinii
4 Stefanie Zweig Nirg
5 Ken Follett Die Nade
6 Petra Hammesfahr Das Geheimnis der Puppe
7 M. M. Kaye Palast der Winde
8 Thomas Harris Das Schweigen der Lämmer
9 Ephraim Kishon Drehn Sie sich um, Frau Lot!
10 James Clavell Tai-Pan
11 Walter Kempowski Tadellöser & Wolff
12 Johannes Mario Simmel Niemand ist eine Insel
13 Eva Heller
Beim nächsten Mann wird alles anders
14 Barbara Wood Rote Sonne, schwarzes Land
15 Agatha Christie Mord im Orientexpress
16 Siegfried Lenz So zärtlich war Suleyken
17 Michael Crichton Jurassic Park
18 Truman Capote Kaltblütig
19 Marion Zimmer Bradley Die Nebel von Avalon
20 Robert Harris Enigma
21 Doris Lessing Das fünfte Kind
22 P. D. James Wer sein Haus auf Sünden baut
23 Alexander Solschenizyn
Ein Tag im Leben des Iwan Denissowitsch
24 Mary Higgins Clark Mondlicht steht dir gut
25 Benoîte Groult Salz auf unserer Haut

Große Romane – Großes Gefühl

Ein Tag im LEBEN des Iwan Denissowitsch

Alexander Solschenizyn

Ein Tag im LEBEN des Iwan Denissowitsch

Deutsch von
Wilhelm Löser, Theodor Friedrich,
Ingeborg Hanelt und
Eva-Maria Kunde

Weltbild

Genehmigte Lizenzausgabe für
Verlagsgruppe Weltbild GmbH
Steinerne Furt 67, 86167 Augsburg 2005

Gesetzt aus der FB Garamond
Druck und Bindung: GGP Media GmbH,
Karl-Marx-Str. 24, 07381 Pößneck

Gedruckt auf chlorfrei gebleichtem Papier

Printed in Germany

ISBN 3-89897-122-8

Statt eines Vorworts

Der Solschenizyns Erzählung zugrunde liegende, aus dem Leben gegriffene Stoff ist in der Sowjetliteratur ungewohnt. In ihm spiegeln sich jene schmerzhaften Erscheinungen in unserer Entwicklung, die mit der von der Partei schonungslos bloßgelegten und verurteilten Periode des Personenkults in Zusammenhang stehen, die uns, obwohl uns nur eine kurze Zeit von ihr trennt, als ferne Vergangenheit erscheint. Für die Gegenwart jedoch ist diese Vergangenheit – wie sie auch gewesen sein mag – niemals gleichgültig. Die Gewähr für einen vollständigen und endgültigen Bruch mit all jenem in der Vergangenheit, was sie verdüstert hat, liegt darin, daß wir ihre Folgen bis zum letzten ergründen. Eben davon sprach N. S. Chruschtschow in seinem für uns alle denkwürdigen Schlußwort auf dem 22. Parteitag: »Es ist unsere Pflicht, derartige Angelegenheiten, die mit dem Mißbrauch der Macht zusammenhängen, sorgfältig und allseitig zu klären. Die Zeit wird kommen, da auch wir sterben, denn wir alle sind sterblich. Aber solange wir arbeiten, können und müssen wir vieles klarstellen und der Partei und dem Volk die Wahrheit sagen ... Dies muß getan werden, damit sich derartige Erscheinungen niemals mehr wiederholen.«

»Ein Tag im Leben des Iwan Denissowitsch« ist nicht nur ein Dokument im Sinne von Memoiren, hier liegen nicht nur Aufzeichnungen vor oder Erinnerungen an persönliche Erlebnisse des Autors, obwohl nur das persönlich Erlebte dieser Erzählung eine derartige Glaubwürdigkeit und Echtheit verleihen konnte. Es ist auch ein Kunstwerk, und gerade kraft der künstlerischen Beleuchtung dieses aus dem Leben gegriffenen Stoffes ist es ein Dokument von besonderem Wert, ein Dokument für eine Kunst, die man auf Grund dieses »spezifischen Materials« bisher kaum für möglich hielt.

Der Leser wird in der Erzählung Solschenizyns keine alles umfassende Darstellung jener historischen Periode finden, die insbesondere durch die bitteren Erfahrungen des Jahres 1937 fixiert wird. Der Inhalt beschränkt sich naturgemäß auf die Zeit, den Handlungsort und den Gesichtskreis des Hauptthelden der Erzählung. Aber ein Tag im Leben des Lagersträflings Iwan Denissowitsch Schuchow wächst unter der Feder Solschenizyns, der erstmals literarisch hervortritt, zu einem Bild, das mit einer ungewöhnlichen Lebendigkeit und Glaubwürdigkeit der menschlichen Charaktere gemalt ist. Hierin liegt vor allem die Stärke des Werkes, das einen selten nachhaltigen Eindruck hinterläßt. Viele der hier in der tragischen Rolle von »Sträflingen« gezeichneten Menschen kann sich der Leser auch in einem anderen Milieu vorstellen: an der Front oder auf den Baustellen der Nachkriegsjahre. Es sind die gleichen Menschen, die kraft der Umstände in besondere, extreme Bedingungen harter physischer und moralischer Prüfungen hineingestellt wurden.

Diese Erzählung enthält keine vorsätzliche Verdichtung der furchtbaren Fakten von Grausamkeit und Willkür, die eine Folge der Verletzung der sowjetischen Gesetzlichkeit waren. Der Autor wählte einen der gewöhnlichsten Tage des Lagerlebens vom Wecken bis zum Zapfenstreich zum Thema. Gleichwohl muß dieser eine »gewöhnliche« Tag im Herzen des Lesers Bitterkeit und Schmerz über das Schicksal von Menschen auslösen, die in der Erzählung als lebendig und nahe vor ihm stehen. Der zweifellose Erfolg des Künstlers aber ist darin zu sehen, daß diese Bitternis und dieser Schmerz nichts mit dem Gefühl eines hoffnungslosen Geknechtetseins gemein haben. Im Gegenteil, dieses Werk, das durch eine derart ungewöhnliche, ungeschminkte und schwierige Wahrheit beeindruckt, befreit gleichsam die Seele von der Unaussprechlichkeit dessen, was gesagt werden muß, und festigt gleichzeitig in ihr den Mut und edle Gefühle.

Diese harte Erzählung ist ein weiteres Beispiel dafür, daß es keine

Sphären oder Erscheinungen der Wirklichkeit gibt, die in unserer heutigen Zeit aus dem Schaffensbereich des sowjetischen Künstlers ausgeklammert oder einer wahrheitsgetreuen Darstellung nicht zugänglich wären. Alles hängt davon ab, über welche Möglichkeiten der Künstler selber verfügt.

Und diese Erzählung läßt noch eine weitere einfache und lehrreiche Schlußfolgerung zu: Ein wirklich wesentlicher Inhalt, die Glaubwürdigkeit einer großen Lebenswahrheit, die tiefe Menschlichkeit beim Herangehen an die Darstellung selbst der schwierigsten Themen muß auch eine entsprechende. Form hervorbringen. Sie ist hier gerade in ihrer Alltagsdiktion und äußeren Schlichtheit prägnant und eigenständig. Sie kümmert sich am allerwenigsten um sich selber und ist deshalb voll inneren Wertes und innerer Kraft.

Ich möchte mit meiner Begeisterung für dieses dem Umfang nach kleine Werk dem Urteil des Lesers nicht vorgreifen, obwohl es für mich außer Zweifel steht, daß es einem neuen, eigenwilligen und durchaus reifen Meister Eingang in unsere Literatur verschafft.

Möglicherweise wird die – im übrigen durchaus maßvolle und zweckentsprechende – Benutzung gewisser Wörter und Redensarten jenes Milieus, in dem der Held seinen Arbeitstag verbringt, bei einem besonders anspruchsvollen Geschmack Einwände hervorrufen. Im ganzen aber gehört »Ein Tag im Leben des Iwan Denissowitsch« zu jenen literarischen Werken, denen wir nach der Lektüre von ganzem Herzen wünschen, daß unser Gefühl der Anerkennung auch von anderen Lesern geteilt wird.

Alexander Twardowskij
Chefredakteur der Zeitschrift ›Nowyj mir‹

Um fünf Uhr morgens erscholl wie immer der Weckruf: Ein Schlag mit dem Hammer auf eine Eisenschiene an der Stabsbaracke. Schwach drang der unterbrochene Ton durch die zwei Finger dick gefrorenen Scheiben und verstummte bald wieder; es war kalt und dem Posten verging die Lust am langen Schlagen.

Der Ton war verklungen, und hinter dem Fenster war alles so wie in der Nacht, als Schuchow die Stubenlatrine aufsuchte, duster und finster. Nur der trübe Schein von drei gelben Lampen drang durch das Fenster, zwei in der Außenzone und eine im Lager selber.

Aus irgendeinem Grunde kam niemand, um die Baracke aufzuschließen, und man hörte auch nicht, daß sich der Barackendienst der Latrine bemächtigte, um sie an den Stangen hinauszutragen.

Schuchow hatte das Wecken noch nie verschlafen; er erhob sich immer pünktlich. Bis zum Ausrücken verblieben anderthalb dienstfreie Stunden, die einem ganz allein gehörten, und wer das Lagerleben kennt, nutzt jede Gelegenheit, um etwas nebenbei zu verdienen: Man kann diesem oder jenem mit einem Stoffetzen einen Flicken auf die Fäustlinge nähen; einem wohlhabenden Brigadeangehörigen die trockenen Filzstiefel direkt vor die Pritsche reichen, damit dieser nicht barfuß herumlaufen und seine Stiefel aus dem Haufen heraussuchen muß; oder die Magazine abklappern und sehen, ob man nicht jemandem einen Gefallen tun, den Boden fegen oder irgend etwas bringen kann; oder von den Holztischen in der Eßbaracke die Blechschüsseln, übereinander getürmt, in den Spülraum tragen, in der Hoffnung, daß dabei etwas abfällt. Leider drängeln sich zu viele dazu, man kann sich ihrer kaum erwehren; und vor allem, wenn man in einem Blechnapf noch ein winziges Restchen findet, dann ist es mit der Beherrschung vorbei, man beginnt ihn auszulecken. Schuchow hatten sich die Worte des ersten Brigadiers

Kusjomin, eines ausgekochten Lagerhasen, ins Gedächtnis gegraben, der 1943 schon zwölf Jahre auf dem Buckel hatte und dem von der Front eingetroffenen Nachschub am Lagerfeuer in einer kahlgeschlagenen Waldschneise einmal gesagt hatte:

»Hier, Jungs, gilt das Gesetz der Taiga. Aber auch hier leben Menschen. Vor die Hunde gehen im Lager die, die Schüsseln auslecken, auf das Krankenrevier spekulieren oder denunzieren.«

Was das Denunzieren betrifft, so hatte er natürlich übertrieben. Die verstehen es schon, sich zu schonen, nur erkaufen sie sich diese Schonung mit dem Blut anderer.

Noch jedesmal war Schuchow beim Wecken aufgestanden, aber heute stand er nicht auf. Schon seit gestern fühlte er sich nicht wohl, fröstelte ihn, taten ihm die Knochen weh. Auch nachts war ihm nicht richtig warm geworden. Im Traum schien es ihm, als ob er sehr krank geworden sei, dann wieder, daß es etwas nachlasse. Er wollte und wollte nicht, daß der Morgen anbreche.

Aber auch dieser Morgen brach an.

Ja, und wo soll man sich hier auch wärmen. Das Fenster völlig zugefroren, und an den Wänden längs der Deckenfuge um die ganze Baracke – ein Riesenbau! – ein weißer Streifen. Rauhreif.

Schuchow stand nicht auf. Er lag auf der oberen Pritsche, Decke und Wattejacke über die Ohren gezogen, beide Füße im umgekrempelten Ärmel der Weste. Er sah nichts, nahm aber an den Geräuschen alles wahr, was in der Baracke und in seiner Ecke geschah. Da schleppte der Barackendienst, schweren Schrittes den Gang entlangstampfend, eine der achteimerigen Latrinen hinaus. Da denkt man, das ist was für einen Invaliden, leichte Arbeit, aber dann trag mal so ein Ding raus, ohne was zu verschütten! Da knallte man bei der 75. Brigade einen Packen Filzstiefel aus dem Trockenraum auf den Fußboden. Und dann dasselbe auch bei ihnen (auch sie waren heute mit dem Trocknen der Filzstiefel an der Reihe gewesen). Der Brigadier und sein Gehilfe ziehen schweigend die Stiefel an; ihre Pritsche

knarrt. Gleich wird der Hilfsbrigadier zum Brotempfang und der Brigadier zur Stabsbaracke zum Einsatzstab gehen.
Aber nicht nur zu den Einsatzleitern, wie er es jeden Tag tut. Schuchow erinnert sich: Heute entscheidet sich das Schicksal. Man will ihre 104. Brigade vom Bau der Werkstätten auf ein neues Objekt, die »Sozgorod« (Sozialistische Kolonie) abschieben. Und »Sozgorod« ist ein kahles Feld mit lauter Schneewehen, und was dort zuerst getan werden muß, ist Löcher schaufeln, Pfosten aufstellen und Stacheldraht mit eigenen Händen spannen – damit keiner türmt. Dann erst bauen.
Dort, das steht fest, wird man sich einen Monat nirgends aufwärmen können: nicht eine einzige Hundehütte. Auch ein Lagerfeuer wird es nicht geben – womit heizen? Schuften bis zum Umfallen – die einzige Rettung!
Der Brigadier macht sich Sorgen. Und er geht los, um die Sache zu deichseln. Irgendeine andere, weniger gewiefte Brigade statt meiner dorthin bugsieren. Klar, mit leeren Händen ist nichts zu machen. Dem obersten Einsatzleiter ein halbes Kilo Speck zustecken. Womöglich auch ein Kilo.
Versuchen kostet nichts; ob man nicht im Revier blau machen, sich für einen Tag von der Arbeit befreien lassen sollte? Am ganzen Körper tut's einfach weh.
Und noch eins. Wer von den Aufsehern hat heute Dienst?
Dienst hat – fiel ihm ein – Poltora Iwan, ein hagerer, hoch aufgeschossener Sergeant, schwarzäugig. Sieht man ihn zum erstenmal, kriegt man einen Schreck, hat man ihn aber kennengelernt – war er von allen Posten der zugänglichste. Locht einen nicht ein, schleppt einen nicht zum Politoffizier. Also kann man noch ein wenig liegen, bis Baracke 9 in die Eßbaracke rübergeht.
Die Pritsche wackelte und schaukelte. Zwei standen gleichzeitig auf; oben Schuchows Bettnachbar, der Baptist Aljoscha, unten Bujnowskij, ehemaliger Kapitän.

Der Barackendienst, zwei alte Männer, die die Latrine hinausgetragen hatten, stritt sich, wer an der Reihe sei, heißes Wasser zu holen. Sie zankten sich hartnäckig wie Weiber. Der Elektroschweißer von der 20. Brigade brüllte los:
»He! Ihr Nachtwächter!« und schleuderte einen Filzstiefel auf sie. »Bring euch zur Ruhe!«
Der Stiefel knallte dumpf an den Pfosten. Sie verstummten.
Bei der Nachbarbrigade brummelte der Hilfsbrigadier: »Wasilj Fjodorytsch! Bei der Verpflegungsausgabe haben mich die Lumpen betrogen; es waren immer vier 900-Gramm-Portionen und jetzt nur drei. Wem soll ich was abziehen?«
Er sprach leise, aber natürlich hatte schon die ganze Brigade die Ohren gespitzt und hielt den Atem an. Irgend jemand wird man abends ein Stückchen abschneiden.
Und Schuchow blieb auf den hartgelegenen Sägespänen seiner Matratze liegen. Wenn sich wenigstens eins durchsetzen würde, wenn er entweder Schüttelfrost bekäme oder das Reißen aufhören würde. Aber so – weder dies noch das.
Während der Baptist Gebete murmelte, kehrte Bujnowskij von draußen zurück und sagte vor sich hin, aber irgendwie hämisch:
»Haltet euch fest, rote Matrosen! 30 Grad genau!«
Und Schuchow beschloß, das Revier aufzusuchen.
Im gleichen Augenblick aber zerrte eine mächtige Hand Weste und Wattejacke von seinem Körper. Schuchow schob die Wattejacke vom Gesicht und richtete sich auf. Unter ihm stand, mit dem Kopf bis an die oberste Pritschenkante reichend, der hagere Tatarin.
Er hatte offenbar außer der Reihe Dienst und schlich herum.
»S-Achthundertvierundfünfzig«, las Tatarin vom weißen Flicken auf dem Rücken der schwarzen Wattejacke ab. »Drei Tage Bau mit Arbeit!«
Und kaum war seine auffallend gepreßte Stimme ertönt, als es in der ganzen Baracke, in der nicht alle Lampen brannten und auf 50 ver-

wanzten Viererpritschen 200 Menschen schliefen, sofort zu rumoren begann und alle jene, die noch nicht aufgestanden waren, sich hastig ankleideten.

»Wofür, Bürger Vorgesetzter?« fragte Schuchow und legte in seine Stimme mehr Kläglichkeit als er empfand.

Mit Ausrücken zur Arbeit bedeutet nur halben Karzer, man bekommt was Warmes, und zum Nachdenken bleibt keine Zeit. Voller Bau aber heißt: ohne Arbeit.

»Zum Wecken nicht aufgestanden! Los, zur Lagerleitung«, erläuterte Tatarin lässig, weil ihm wie Schuchow und auch allen anderen klar war, wofür es Bau gegeben hatte.

Im bartlosen, verwelkten Gesicht Tatarins zeigte sich keine Regung. Er wandte sich ab, ein zweites Karnickel suchend, aber bereits alle – die im Halbdunkel, die unter der Funzel, die auf der ersten und der zweiten Etage der Pritschen – stopften ihre Beine in die schwarzen Wattehosen mit den Nummern am linken Oberschenkel oder machten sich, wenn sie bereits angezogen waren, schleunigst aus dem Staube und eilten zum Ausgang, um Tatarin im Hof zu erwarten.

Hätte man Schuchow Karzer für etwas anderes gegeben, wo er es verdient hätte, wäre es nicht so ärgerlich gewesen. Ärgerlich war es eben deshalb, weil er immer als einer der ersten aufgestanden war. Tatarin zu bitten und anzuflehen, hatte keinen Zweck, das wußte er. Schuchow fuhr der Ordnung halber damit fort, Tatarin anzuflehen, zog aber gleichzeitig die Wattehosen an (oberhalb des linken Knies war auf ihnen ebenfalls ein abgewetzter, verschmutzter Flicken genäht und auf ihm mit schwarzer, bereits abbröckelnder Farbe die Nummer S-854 aufgemalt), zog die Weste über (auf ihr waren zwei Nummern – auf der Brust und auf dem Rücken eine), suchte aus dem Haufen auf dem Boden seine Filzstiefel heraus, setzte die Mütze auf (mit eben dem gleichen Flicken mit Nummer vorn) und folgte Tatarin.

Die ganze 104. Brigade sah, wie man Schuchow abführte, aber niemand sagte ein Wort; doch witzlos, was sollte man auch sagen? Der Brigadier hätte sich ein wenig einsetzen können, aber er war schon weg. Auch Schuchow sagte zu niemandem ein Wort, um Tatarin nur nicht zu reizen. Sie werden ihm schon das Frühstück aufheben, darauf kommen sie von selber.

So gingen sie zu zweit hinaus.

Der Frost und der Nebel verschlugen einem den Atem. Von den fernen Wachtürmen strahlten zwei große Scheinwerfer und kreuzten sich über der Lagerzone. Die Lampen in der Außenzone und innerhalb des Lagers brannten. Man hatte deren so viele aufgestellt, daß sie die Sterne völlig überstrahlten.

Die Sträflinge gingen hastig ihren Geschäften nach; unter ihren Filzstiefeln knirschte der Schnee; einer auf den Abort, der andere zum Magazin, dieser zur Paketausgabe, jener, um Graupen bei der Privatküche abzuliefern. Alle hatten ihre Köpfe eingezogen, hielten die Wattejacken an sich gepreßt, und alle froren nicht so sehr vor Kälte als beim Gedanken, den ganzen Tag in dieser Kälte verbringen zu müssen. Tatarin indes, in seinem alten Mantel mit den blauen abgegriffenen Schnüren, marschierte gemessenen Schrittes, und die Kälte machte ihm anscheinend nichts aus.

Sie zogen an dem hohen Bretterverschlag rund um das Lagergefängnis, einen Steinbau, vorüber, am Stacheldraht, der die Lagerbäckerei vor den Strafgefangenen schützte, und an der Stabsbaracke vorbei, wo an einem Pfosten, an einen dicken Draht festgebunden, die völlig mit Rauhreif beschlagene Schiene hing; vorbei an einem weiteren Pfosten, an dem, geschützt, damit es nicht zu niedrig anzeigt, das völlig mit Reif bedeckte Thermometer hing. Schuchow schielte hoffnungsvoll auf das milchigweiße Röhrchen: Würde es 41 Grad anzeigen, dürfte man sie nicht zur Arbeit hinausjagen. Nur bewegte es sich heute nicht um die Welt auf 40 zu.

Sie betraten die Stabsbaracke und gingen sofort in die Unterkunft der Aufseher. Was Schuchow schon unterwegs geschwant hatte, bestätigte sich dort. Er bekam gar keinen Karzer, sondern der Fußboden in der Aufseher-Unterkunft war einfach nicht geschrubbt. Nun erklärte Tatarin, er verzeihe Schuchow, und befahl ihm, den Boden zu wischen.

Den Boden in der Aufseher-Unterkunft zu schrubben, oblag einem speziellen Sträfling, der nicht zur Arbeit auszurücken brauchte; es war die eigentliche Aufgabe des Putzers für die Stabsbaracke. Aber er hatte sich in der Stabsbaracke eingelebt, hatte Zugang zu den Räumen des Majors, des Politoffiziers, des Aushorchers, bediente sie, hörte mitunter Dinge, die nicht einmal den Aufsehern zu Ohren kamen, und war seit einiger Zeit der Meinung, den Fußboden für einfache Aufseher zu schrubben, sei gewissermaßen unter seiner Würde. Die Aufseher hatten ihn das eine und das andere Mal gerufen, den Braten dann schließlich gerochen und begannen, für die Böden die »Arbeiter« einzuspannen.

In der Aufseherbude glühte der Ofen. Zwei Aufseher, die sich bis auf ihre schmutzigen Oberhemden ausgezogen hatten, spielten Dame, während der dritte, so wie er war, im Pelz mit Gürtel und Filzstiefeln auf der schmalen Bank schlief. In der Ecke stand ein Eimer mit Putzlumpen.

Schuchow freute sich und sagte zu Tatarin, weil er ihm verziehen hatte:

»Danke, Bürger Vorgesetzter. Jetzt werde ich niemals mehr zu lange liegen bleiben.«

Hier herrschte ein einfaches Gesetz: Fertig? Ab! Jetzt, da man Schuchow Arbeit zugewiesen hatte, schienen auch seine Schmerzen aufzuhören. Er schnappte sich den Eimer und machte sich ohne Handschuhe (die hatte er in der Eile unter dem Kopfkissen liegengelassen) zum Brunnen auf.

Die Brigadiere, die zum Einsatzstab gegangen waren, drängelten sich um den Pfosten, und einer, ein jüngerer, ehemaliger Held der

Sowjetunion, hangelte am Pfosten hoch und rieb am Thermometer.
Von unten riet man ihm: »Daneben atmen, sonst steigt es!«
Steigt oder nicht... Doch zwecklos!
Tjurin, Schuchows Brigadier, war nicht unter ihnen. Schuchow hatte den Eimer neben sich gestellt, die Hände in die Ärmel gesteckt, und schaute neugierig zu.
Da tönte es heiser vom Pfosten herab:
»Siebenundzwanzigeinhalb. Scheibenkleister!«
Der Sicherheit halber schaute er noch einmal hin und sprang dann auf den Boden zurück.
»Geht doch nicht richtig! Lügt immer«, sagte irgend jemand.
»Werden sich hüten, im Lager ein richtiges aufzuhängen.« Die Brigadiere machten sich davon, und Schuchow eilte zum Brunnen. Die Ohren unter den herabgezogenen, aber nicht festgebundenen Ohrenklappen begannen im Frost zu zwicken.
Den Brunnenschacht bedeckte eine dicke Eisschicht, so daß der Eimer kaum durch das Loch ging. Der Strick war steifgefroren.
Ohne die Hände zu spüren, begab sich Schuchow mit dem dampfenden Eimer zur Aufseherbaracke zurück und steckte die Hände in das Brunnenwasser. Es wärmte. Tatarin war nicht da, dafür drängelten sich die drei Aufseher zusammen. Sie hatten mit dem Damespiel und Schlafen aufgehört und stritten miteinander, wieviel Hirse man ihnen im Januar geben werde (in der Siedlung stand es schlecht mit Lebensmitteln, und man verkaufte den Aufsehern, selbst wenn sie keine Marken mehr hatten, das eine oder andere billiger als den anderen).
»Tür zu, Mistvieh, es zieht!« ließ sich einer von ihnen ablenken.
Es taugte zu nichts, sich schon morgens die Stiefel naß zu machen. Und andere konnte man nicht anziehen, selbst wenn man in die Baracke lief. In bezug auf das Schuhwerk hatte Schuchow in den acht Jahren verschiedene Anordnungen erlebt. Es war vorgekommen, daß sie überhaupt den ganzen Winter ohne Filzstiefel herum-

liefen; es war vorgekommen, daß man diese Schuhe nicht zu Gesicht bekam, sondern nur noch Bastschuhe oder solche, die aus Autoreifen geschustert waren. Jetzt hatte sich mit dem Schuhwerk jedoch alles gleichsam eingerenkt.

Im Oktober hatte Schuchow ein Paar robuste, kräftige Schuhe empfangen, in denen noch Platz für zwei Fußlappen war (er hatte sie deshalb empfangen, weil er sich in der Kammer hinter den Hilfsbrigadier geklemmt hatte). Eine Woche lang war er in ihnen wie ein Geburtstagskind herumstolziert und hatte mit den neuen Absätzen fortwährend den Boden gehämmert. Und im Dezember waren die Filzstiefel gerade zur rechten Zeit gekommen; ein behagliches Leben, man brauchte nicht zu sterben. Dann hatte irgend so ein Teufel von der Buchhaltung dem Lagerführer eingeflüstert: Sollen ihre Filzstiefel haben, aber die Schuhe abgeben. Es gehöre sich nicht, daß ein Sträfling zwei Paar auf einmal besitze. Und Schuchow mußte nun wählen, entweder den ganzen Winter in Schuhen oder in Filzstiefeln herumzulaufen; lauf damit auch bei Tauwetter herum, die Schuhe aber liefere ab. Hatte sie geschont, mit Solidol geschmeidig gehalten, die nagelneuen Schühchen, ach! In den ganzen acht Jahren hatte es ihm um nichts so leid getan wie um diese Schuhe. Da hat man sie auf irgendeinen Haufen geworfen; im Frühjahr werden sie nicht mehr dir gehören.

Sogleich kam Schuchow ein Gedanke. Er schlüpfte aus seinen Filzstiefeln, stellte sie in die Ecke und warf die Fußlappen hinterher (der Löffel klapperte am Boden; wie schnell er sich auch für den Karzer fertiggemacht hatte, den Löffel hatte er nicht vergessen), schlurfte barfuß umher, das Wasser mit dem Aufwischer verteilend, ohne mit Wasser zu sparen, von dem auch die Filzstiefel der Aufseher etwas abbekamen.

»Vorsichtiger, Dreckskerl du!« entrüstete sich einer von ihnen, seine Füße zum Stuhl hochziehend.

»Reis? Reis geht doch nach einer anderen Norm! Vergleich sie nicht mit Reis!«

»Wieviel Wasser nimmst du denn, Holzkopf! Wer wischt denn so den Boden?«

»Bürger Vorgesetzter! Anders ist er nicht zu wischen. Der Dreck da hat sich zu sehr eingefressen...«

»Hast du wenigstens einmal zugeschaut, wie deine Alte den Boden schrubbte, Ferkel?«

Schuchow richtete sich auf, in der Hand den tropfenden Lappen. Er grinste gutmütig und zeigte seine Zahnlücken, die ihm 1943 in Ust-Ishma der Skorbut geschlagen hatte, als es mit ihm sehr schlimm stand. So schlimm, daß ihn die Ruhr völlig ausgemergelt hatte und der entkräftete Magen einfach nichts mehr annehmen wollte. Jetzt war von dieser Zeit nur noch ein Kneifen übriggeblieben.

»Von der Frau, Bürger Vorgesetzter, hat man mich seit 1941 getrennt. Keine Ahnung, was mit ihr los ist.«

»So scheuern sie... Nichts können und wollen sie schaffen, die Lumpen. Sind das Brot nicht wert, das man ihnen gibt. Man sollte sie mit Sch... füttern.«

»Ja, und wozu zum Teufel auch, ihn jeden Tag wischen? Die Nässe verschwindet nicht. Du, hör mal zu, Achthundertvierundfünfzig! Wisch nur leicht drüber, daß es etwas naß ist, und troll dich.«

»Reis! Vergleiche Hirse nicht mit Reis!«

Schuchow kam flott zurecht.

Arbeit und Arbeit – das ist zweierlei. Das ist wie oben und unten bei einem Stock: Wenn du für vernünftige Menschen arbeitest, dann mach vernünftige Arbeit, tust du sie für einen Dummkopf, dann tu bloß so.

Anders wären sie alle längst verreckt, das ist klar.

Schuchow wischte den Fußboden so, daß keine trockene Stelle übrigblieb, warf den unausgewrungenen Putzlappen hinter den Ofen, schlüpfte bei der Schwelle in seine Filzstiefel, kippte das Wasser auf den Gehsteig für die Lagerleitung, schlug einen Haken und

eilte, an der Sauna und an der dunklen, ausgekühlten Klubbaracke vorbei, zur Eßbaracke.
Er mußte es noch zum Revier schaffen, wieder tat ihm alles weh. Und außerdem mußte man sich noch hüten, einem Aufseher in die Finger zu geraten. Es war nämlich ein strenger Befehl des Lagerkommandanten ergangen, einzelne, zurückgebliebene Sträflinge aufzugreifen und in den Karzer zu sperren.
Vor der Eßbaracke – welch wunderbarer Zufall – drängelte sich heute die Masse nicht, gab es keine Schlangen. Hinein! Drinnen ein Dampf wie in der Sauna; von der Tür her die Frostschwaden und der Dampf von der Suppe. Die Brigaden saßen an den Tischen oder drängten sich in den Gängen, warteten, bis Plätze frei wurden. Sich schreiend durch die Massen zwängend, trugen zwei bis drei Mann von jeder Brigade auf Holztabletts Schüsseln mit Suppe und Brei und suchten auf den Tischen einen Platz für sie. Aber er hört trotzdem nicht, der Holzklotz, das Trampeltier, nun hat er auch noch ans Tablett gestoßen. Schwapp, schwapp! Mit der freien Hand ihm eine ins Genick, eins druff! Richtig! Steh nicht im Wege, glotz nicht, wo was auszulecken ist.
Dort, hinter dem Tisch, den Löffel noch nicht in die Schüssel getaucht, bekreuzigt sich ein junger Bursche. Ein Westukrainer also und Neuling obendrein.
Während die Russen sogar vergessen haben, mit welcher Hand man sich bekreuzigt.
Es ist kalt beim Sitzen in der Eßbaracke, man ißt großenteils mit der Mütze auf dem Kopf, aber ohne Eile, fischt unter den Rotkrautblättern die zerkochten, ausgelaugten kleinen Fischbrocken hervor und spuckt die Gräten auf den Tisch. Hat sich auf dem Tisch ein Berg davon angesammelt, fegt einer, bevor die neue Brigade kommt, sie mit der Hand runter und dort werden sie knirschend zertreten. Die Gräten direkt auf den Boden zu spucken, gilt als unfein.
Mitten durch die Baracke zogen sich in zwei Reihen Pfosten, Tragbalken oder so was – genau konnte man es nicht sagen –, und an

einem dieser Pfosten saß Schuchows Brigadekumpel Fetjukow und bewachte dessen Frühstück. Er war einer der letzten Brigadeangehörigen, stand noch unter Schuchow. Von außen glich sich die ganze Brigade in den gleichen schwarzen Wattejacken und den gleichen Nummern, aber von innen betrachtet war sie sehr ungleich. Es gibt Abstufungen, Bujnowskij wird nicht mit den Schüsseln anderer warten, und auch Schuchow übernimmt nicht jede Arbeit; es gibt niedriger Stehende.

Fetjukow bemerkte Schuchow und seufzte, seinen Platz räumend. »Alles schon kalt geworden. Ich wollte schon für dich essen, dachte, du bist eingelocht.«

Er wartete nicht, da er wußte, daß ihm Schuchow nichts übriglassen, beide Schüsseln bis auf den letzten Rest verputzen würde.

Schuchow zog den Löffel aus dem Stiefel. Dieser Löffel war ihm teuer, er hatte ihn überall im Norden begleitet, er hatte ihn im Sand aus Aluminiumdraht selber gegossen, und auf ihm stand mit einem Nagel eingehämmert »Ust-Ishma, 1944«.

Dann nahm Schuchow die Mütze vom geschorenen Kopf. Wie kalt es auch war, aber er konnte es einfach nicht über sich bringen, mit Mütze zu essen. Er rührte in der abgestandenen Suppe herum und versicherte sich schnell, was er in der Schüssel abbekommen hatte. Mittelmäßig. Man hatte nicht vom Rand des Kessels, aber auch nicht vom Grund geschöpft. Von Fetjukow war anzunehmen, daß er, während er die Schüssel bewachte, eine Kartoffel aus ihr herausgefischt hatte.

Die einzige Freude an der Suppe ist, daß sie heiß ist, für Schuchow aber war sie nun völlig kalt geworden. Trotzdem begann er, sie ebenso langsam, bedächtig zu löffeln.

Mag auch die Bude abbrennen – kein Grund zur Eile. Den Schlaf ausgenommen, lebt der Lagerinsasse ausschließlich für sich nur morgens zehn Minuten beim Frühstück, beim Mittagessen fünf und beim Abendbrot fünf.

Die Suppe war jeden Tag die gleiche; es hing davon ab, was für Gemüse man für den Winter einlagerte. Im vergangenen Jahr hatte man ausschließlich eingesalzene Mohrrüben eingelagert, und so bestand denn auch die Suppe von September bis Juni aus nichts als Mohrrüben. Und in diesem Jahr Rotkraut. Die fetteste Zeit für den Lagerhäftling ist der Juni; dann ist alles Gemüse verbraucht, und man ersetzt es durch Graupen. Die magerste Zeit ist der Juli. Dann kommen zerhackte Brennnesseln in den Kessel.

Von den kleinen Fischen fielen immer mehr Gräten an; das Fleisch war von den Knochen abgekocht, zerfallen und hielt sich nur am Kopf und Schwanz. Schuchow ließ an dem bröckelnden Fischskelett nicht eine einzige Schuppe, kein einziges Krümelchen, kaute das Skelett mit den Zähnen, saugte es aus und spuckte es auf den Tisch. Bei jedem beliebigen Fisch aß er alles, Kiemen wie Schwanz, auch die Augen aß er, wenn er sie am Stück vor den Löffel bekam, schwammen sie jedoch herausgekocht und einzeln in der Schüssel – große Fischaugen – aß er sie nicht. Man lachte ihn deshalb aus.

Heute hatte Schuchow sparsam gelebt. Da er nicht zur Baracke zurückgegangen war, um seine Ration zu holen, aß er nun ohne Brot. Das Brot wird man hernach allein verdrücken können – sättigt besser.

Als zweites gab es Brei aus Fenchelhirse. Er war zu einem einzigen Guß erstarrt. Schuchow stach ihn stückweise ab. Es war nicht nur, daß die Fenchelhirse kalt geworden war; auch warm hatte sie keinen Geschmack und sättigte nicht; schmeckte wie Gras, nur gelb wie Hirse. Man war darauf verfallen, sie statt Graupen auszugeben, wie es hieß, von den Chinesen. Gekocht hat sie ihr Gewicht von 300 Gramm – und basta! Brei und auch wieder nicht, läuft aber unter Brei. Nachdem Schuchow den Löffel abgeschleckt und an seinen alten Platz im Filzstiefel gesteckt hatte, setzte er die Mütze auf und ging ins Revier. Am Himmel, von dem die Lagerbeleuchtung die Sterne vertrieb, war es noch immer dunkel. Immer noch durchschnitten die beiden Scheinwerfer in breiten Strahlen die Lagerzone. Als man dieses Lager, das Sonderlager, einrichtete, besaßen die Posten noch eine Unmenge von Front-Leuchtraketen. Kaum war das Licht erloschen, als man schon die Sperrzone mit Raketen überschüttete, weißen, grünen und roten – ein regelrechter Krieg. Dann hörte man auf, Raketen abzuschießen. Oder kamen sie zu teuer?

Es herrschte die gleiche Finsternis wie schon beim Wecken, aber für das geübte Auge war es an kleinen Anzeichen leicht festzustellen, daß man bald das Zeichen zum Ausmarsch geben würde. Chromojs Gehilfe (der Stubendienst für die Eßbaracke Chromoj hielt sich seinerseits einen Gehilfen und fütterte ihn durch) machte sich auf, um die Invalidenbaracke 6, also die, die nicht zur Arbeit auszurücken brauchten, zum Frühstück zu rufen. Ein alter Kunstmaler mit Bart ging in den Tages- und Schulungsraum, um Farbe und Pinsel zu holen und Nummern zu pinseln. Wieder überquerte Tatarin mit weit ausholenden Schritten, in Eile, die Lagerstraße in Richtung Stabsbaracke. Überhaupt hatten sich die Leute von draußen verzogen, sie hatten sich alle vermummt und wärmten sich die letzten süßen Minuten auf.

Schuchow versteckte sich vor Tatarin geschwind hinter der Barackenecke. Läufst du ihm ein zweites Mal über den Weg, hat er dich wieder am Wickel. Ja, und überhaupt darf man niemals Maulaffen feilhalten. Man muß sich bemühen, daß ein Aufseher dich niemals allein sieht, sondern nur im Haufen. Vielleicht sucht er einen Mann, um ihn zur Arbeit zu schicken, vielleicht hat er niemanden, um seine Wut auszutoben. In den Baracken ist der Befehl verlesen worden: Vor den Aufsehern ist fünf Schritt vorher die Mütze zu ziehen und zwei Schritte dahinter wieder aufzusetzen. Der eine Aufseher schlendert wie ein Blinder daher, ihm ist alles gleichgültig; für den anderen aber ist es ein gefundenes Fressen. Wieviele hatte man wegen dieser Mütze in den Bau geschleppt! Nein, dann lieber hinter der Ecke stehen.

Tatarin war vorübergegangen, und Schuchow hatte sich bereits fest fürs Revier entschlossen, als ihm plötzlich einfiel, daß ihm ja heute morgen vor dem Ausrücken der lange Lette aus Baracke 7 bestellt hatte, er könne kommen und bei ihm zwei Gläser Eigenbau-Tabak kaufen. Aber Schuchow hatte sich so sehr verzettelt, daß es ihm entfallen war. Der lange Lette hatte gestern abend ein Paket bekommen, und möglicherweise wird es diesen Eigenbau morgen nicht mehr geben; dann warte einen Monat auf ein neues Paket! Gut war sein Eigenbau, herzhaft und duftend, so schön braungelb.
Schuchow überkam der Ärger, er stampfte mit dem Fuß auf – sollte man nicht umkehren zur Baracke 7? Aber bis zum Revier war es nur noch ein Katzensprung, und er galoppierte zur Vortreppe des Reviers. Vernehmlich knirschte der Schnee unter seinen Füßen.
Im Revier war es im Korridor wie stets derart sauber, daß man Angst hatte, den Fußboden zu betreten. Die Wände waren mit weißer Lackfarbe gestrichen, die Möbel alle weiß.
Aber die Türen der Ambulanz waren alle verschlossen. Die Ärzte waren sicher noch nicht aus ihren Betten gestiegen. Im Dienstzimmer saß hinter einem sauberen Tisch, im blütenweißen Kittel, der Sani, ein junger Bursche, Kolja Wdowuschkin, und schrieb irgend etwas.
Außer ihm war niemand da.
Schuchow zog wie vor den Vorgesetzten die Mütze ab und mußte, nach alter Lagergewohnheit mit den Augen überall hinkriechend, wohin man nicht soll, bemerken, daß Nikolaj schnurgerade Zeilen schrieb und jede einzelne Zeile, vom Rand abgesetzt, akkurat eine nach der anderen mit einem Großbuchstaben begann. Schuchow begriff sofort, daß das keine richtige Arbeit, sondern etwas unter der Hand war; aber das ging ihn nichts an.
»Es ist nur... Nikolaj Semjonytsch... bin anscheinend... krank...«, sagte Schuchow verschämt, als ob er auf etwas ihm nicht Zukommendes versessen sei.

Wdowuschkin schaute mit seinen ruhigen, großen Augen von seiner Arbeit auf. Er trug ein weißes Käppi, einen weißen Kittel, und Nummern waren nicht zu sehen. »Weshalb kommst du so spät? Und weshalb bist du nicht abends gekommen? Du weißt doch, daß morgens keine Ambulanz ist. Die Liste der von der Arbeit Befreiten ist schon beim Einsatzstab.«

All das wußte Schuchow; er wußte, daß es auch abends nicht einfacher war, krankgeschrieben zu werden.

»Na, du weißt doch, Kolja ... Abends, wenn's nötig wäre, tut es nicht weh ...«

»Was heißt – es? Es – was tut weh?«

»Soll man's genau sagen, kommt es einem vor, als ob nichts weh tut, aber ein allgemeines Unwohlsein.«

Schuchow gehörte nicht zu jenen, die auf die Krankentour reisen, und Wdowuschkin wußte das. Er war jedoch nur befugt, morgens höchstens zwei Mann krankzuschreiben, und zwei hatte er bereits von der Arbeit befreit. Unter der grünlichen Glasplatte auf dem Tisch waren diese zwei Mann notiert und ein Strich darunter gezogen.

»Dann hättest du dich früher drum kümmern müssen. Was kommst du auch so kurz vor dem Ausmarsch? Da, nimm!«

Wdowuschkin zog aus dem mit Mull überspannten Glas, in dem die Thermometer steckten, eins heraus, wischte die von einer aseptischen Flüssigkeit stammende Nässe ab und reichte es Schuchow zum Fiebermessen.

Schuchow setzte sich auf die schmale Bank an der Wand, auf die äußerste Kante, gerade so, daß er nicht mit ihr umpurzelte. Er tat es nicht absichtlich, nur unwillkürlich ließ er dadurch erkennen, daß ihm das Revier fremd war und er es wegen Kleinigkeiten nicht aufsuchte. Wdowuschkin schrieb indessen weiter.

Das Revier befand sich in der äußersten, abgelegensten Ecke des Lagers, und keine Laute drangen bis hierher. Auch Wanduhren

tickten nicht. Sträflingen stehen Uhren nicht zu, die Lagerleitung weiß die Zeit für sie. Selbst Mäuse knabberten hier nicht; sie alle hatte die für diesen Zweck angestellte Revierkatze weggefangen.
Für Schuchow war es wunderbar, in einem derart sauberen Zimmer, bei einer solchen Stille, bei hellem Lampenlicht ganze fünf Minuten dazusitzen und nichts zu tun. Er betrachtete sämtliche Wände, und konnte auf ihnen nichts entdecken. Besah sich seine Weste, rieb ein wenig an der Nummer auf der Brust herum: muß erneuert werden, damit man dich nicht schnappt. Mit der freien Hand tastete er außerdem seinen Bart ab. Ganz anständig gesprossen, sprießt seit jener Sauna vor über zehn Tagen. Stört aber nicht. In drei Tagen wird wieder Sauna sein, dann wird man ihn abrasieren. Wozu beim Friseur sinnlos Schlange sitzen? Schuchow brauchte sich für niemanden schönzumachen.
Das schneeweiße Käppi Wdowuschkins betrachtend, erinnerte sich Schuchow dann an den Bataillonsverbandsplatz am Fluß Lowat, wie er mit seinem verwundeten Kiefer dort angelangt und dann – was für ein Dummkopf er doch war! – freiwillig an die Front zurückgekehrt war; hätte er doch fünf Tage liegen können! Heute träumt man davon, für zwei, drei kurze Wochen zu erkranken, nicht auf den Tod und ohne Operation, sondern nur, damit sie einen ins Lazarett legen. Er würde, scheint's, drei Wochen daliegen, ohne sich zu rühren, während man ihn mit Fastenbrühe füttert – nicht schlecht.
Aber Schuchow besann sich, daß es jetzt auch im Lazarett keine Bettruhe mehr gab. Mit irgendeinem Schub war ein neuer Doktor aufgetaucht: Stepan Grigorjitsch, ein Antreiber und Brüllaffe, der sich selber abhetzte und den Kranken keine Ruhe ließ. Er war auf den Gedanken verfallen, alle marschfähigen Kranken zur Arbeit in Lazarettnähe hinauszujagen, um Zäune errichten, Wege anlegen, Erde auf die Beete tragen und im Winter Schnee aufspeichern zu lassen. Er sagte, Arbeit sei die beste Medizin.

Von der Arbeit krepieren die Pferde, das muß man verstehen. Hätte er sich selber beim Mauern abgeschunden, würde er jetzt sicher ruhig dasitzen.

... Und Wdowuschkin schrieb das Seinige. Er beschäftigte sich in der Tat mit einer für Schuchow allerdings unbegreiflichen Arbeit »unter der Hand«. Er schrieb ein langes Gedicht um, das er gestern vollendet und heute Stepan Grigorjitsch zu zeigen versprochen hatte, eben jenem Arzt, dem Fanatiker der Arbeitstherapie.

Wie es nur in Lagern möglich ist, hatte Stepan Grigorjitsch Wdowuschkin geraten, sich als Sanitäter auszugeben, hatte ihm die Arbeit eines Sanitäters zugewiesen und begonnen, Wdowuschkin anzulernen, intravenöse Injektionen an den ungebildeten »Arbeitern« vorzunehmen, denen es bei ihrer Gutgläubigkeit gar nicht in den Sinn gekommen wäre, daß ein Sanitäter kein Sanitäter zu sein brauche. Kolja war Student der Literatur gewesen und im zweiten Semester verhaftet worden. Stepan Grigorjitsch wollte, daß er in der Lagerhaft das schreibe, was man ihn in der Freiheit nicht schreiben ließ.

Durch die vom weißen Eis undurchsichtig gewordenen Doppelfenster drang das Signal zum Ausrücken kaum hörbar herein. Schuchow seufzte und erhob sich. Es fröstelte ihn wie zuvor, aber blau zu machen, gelang offenbar nicht. Wdowuschkin streckte die Hand nach dem Thermometer und schaute darauf: »Siehst du, weder dies noch das. Siebenunddreißig – zwei. Bei achtunddreißig wäre es jedem klar. Ich kann dich nicht krankschreiben. Auf eigene Verantwortung, wenn du willst, bleib da. Schreibt dich der Doktor nach der Untersuchung krank, befreit er dich. Schreibt er dich aber gesund, heißt es Drückeberger, und ab ins Gefängnis. Dann rück schon lieber mit aus.«

Schuchow antwortete nicht, nickte nicht einmal, stülpte die Mütze auf und ging hinaus.

Wird einer, der im Warmen sitzt, den Frierenden jemals verstehen?

Der Frost zwickte. Beißender Nebel umhüllte Schuchow und zwang ihn zum Husten. Siebenundzwanzig Grad Kälte draußen, in Schuchow siebendunddreißig Grad Wärme. Jetzt, wer wen?

Schuchow trabte zur Baracke. Die Lagerstraße war leergefegt, das ganze Lager wie ausgestorben. Es war jene kurze Minute, in der man gleichgültig wurde, sich bereits von allem gelöst hatte, sich vorgaukelte, daß heute nicht ausgerückt wurde. Die Wachposten sitzen in den warmen Kasernen, die Köpfe schläfrig auf die Gewehre gestützt. Auch für sie wird es kein Zuckerlecken, bei diesem Frost auf den Türmen herumzutappen. Die Aufseher in der Hauptwache legen Kohlen im Ofen auf. Die Aufseher in ihrer Unterkunft rauchen die letzte Selbstgedrehte vor der Kontrolle zu Ende, während die Sträflinge, mit sämtlichen abgerissenen Klamotten auf dem Leibe, von allen möglichen Schnüren umgurtet, vom Kinn bis zu den Augen in Lappen gegen die Kälte eingemummt, auf den Dekken ihrer Pritschen liegen, in Filzstiefeln, mit geschlossenen Augen, wie erstarrt. Bis dann der Brigadier ruft: »Auf-stehen!«

Mit den anderen hatte in Baracke 9 auch die 104. Brigade herumgedöst. Nur der Hilfsbrigadier Pawlo rechnete irgend etwas mit dem Bleistift und bewegte dabei die Lippen, während auf der oberen Pritsche der Baptist Aljoschka, Schuchows Bettnachbar, reinlich und sauber gewaschen in seinem Notizbüchlein las, das er mit dem halben Evangelium vollgeschrieben hatte. Schuchow stürzte kopfüber, aber doch ganz leise herein und auf die Pritsche des Hilfsbrigadiers zu.

Pawlo hob den Kopf:

»Ni-icht eingebunkert, Iwan Denissytsch, Sie leben? (Die Westukrainer, sind nicht umzuerziehen. Sie reden einen selbst im Lager mit Vatersnamen an und siezen einen.)

Er nahm die Ration vom Tisch und reichte sie ihm. Auf ihr hatte man ein kleines Zuckerhügelchen aufgehäuft.

Schuchow hatte es sehr eilig, antwortete aber dennoch, wie sich's geziemte (ist doch der Hilfsbrigadier ebenfalls Vorgesetzter, von dem sogar mehr als vom Lagerkommandanten abhängt). Aber wie sehr er auch in Druck war – den Zucker vom Brot weg mit den Lippen aufschnappte, mit der Zunge nachleckte, einen Fuß schon auf dem Tritt, um nach oben zu klettern, das Bett zu bauen –, die Zeit fand er noch, um die Ration von allen Seiten zu mustern, sie in der Hand abzuwiegen, ob sie auch die ihm zustehenden 550 Gramm ausmachte. In Gefängnissen und Lagern hatte Schuchow Tausende solcher Rationen empfangen. Obwohl er nicht eine einzige nachzuwiegen Gelegenheit gehabt und es als schüchterner Mensch nicht gewagt hatte, Krach zu schlagen und auf sein Recht zu pochen, war es doch jedem Häftling und Schuchow längst klar, daß man in der Brotausgabe bei richtigem Wiegen nicht auskommen würde. Untergewicht hatte jede Portion, nur in welchem Umfang? Darum betrachtete man sie jeden Tag, um die Seele zu beruhigen: Vielleicht hat man mich heute nicht allzu unverschämt betrogen. Vielleicht sind es fast alle mir zustehenden Gramm?

»Fehlen etwa 20 Gramm«, räsonierte Schuchow und brach die Portion in zwei Hälften. Die eine Hälfte steckte er in den Raum zwischen Brust und Weste, – dort hatte er sich ein besonderes kleines weißes Täschchen aufgenäht (da man in der Fabrik die Westen für die Sträflinge ohne Taschen näht). Die andere, beim Frühstück eingesparte Hälfte gedachte er sogleich zu essen, aber hastig gegessen ist nicht gegessen, ist unnütz, sättigt nicht. Er reckte sich, um die halbe Ration im Spind zu verstecken, überlegte sich's aber wieder, denn ihm fiel ein, daß der Barackendienst schon zweimal wegen Diebstahls Prügel bezogen hatte. Eine große Baracke ist wie ein Taubenschlag.

Aus diesem Grund schlüpfte Iwan Denissowitsch, ohne das Brot aus den Händen zu legen, so geschickt mit den Beinen aus den Filzstiefeln, daß er darin auch die Fußlappen und den Löffel zurückließ kletterte barfuß nach oben, verbreiterte das Loch in der Matratze und ließ die halbe Portion in den Sägespänen verschwinden. Er zerrte die Mütze vom Kopf, zog daraus Nadel und Zwirn hervor, die er dort sorgfältig versteckt hielt. Bei der Filzung tastet man auch die Mütze ab, wobei sich einmal ein Aufseher an der Nadel gestochen und Schuchow vor Wut fast den Schädel eingeschlagen hätte. Stich, Stich, Stich, und das Loch über der versteckten Portion war zu. Inzwischen war der Zucker im Mund restlos geschmolzen. Alles an Schuchow war bis zum äußersten gespannt, denn bald wird der Einsatzleiter am Eingang losbrüllen. Schuchows Finger flitzten nur so, während sein Kopf schon längst plante, was weiter zu tun sei.

Der Baptist las das Evangelium, durchaus nicht für sich, sondern hauchte es gleichsam hinaus (vielleicht absichtlich für Schuchow, denn diese Baptisten lieben es, zu agitieren):

»Nicht einer von euch möge leiden als Mörder oder als Dieb oder als jemand, der nach fremdem Gut trachtet. Leidet er aber als Christ, dann schäme er sich nicht, sondern preise Gott für dieses Schicksal.«

Aljoschka ist prima: Er läßt sein Büchlein so geschwind in der Wandritze verschwinden, daß es noch bei keiner Filzung gefunden wurde.

Mit den gleichen flinken Bewegungen nahm Schuchow die Wattejacke vom Querbalken, zerrte die Fäustlinge unter der Matratze hervor, außerdem ein Paar schlechter Fußlappen und ein Läppchen mit zwei abgerissenen Streifen. Die Sägespäne in der Matratze (sie waren schwer und festgelegen) verteilte er schön gleichmäßig, stopfte ringsum die Decke unter die Matratze, warf das Kopfkissen auf seinen Platz, kroch dann barfuß herunter und begann, sich die Stiefel anzuziehen, zuerst die guten und darüber die schlechten Fußlappen.

Und schon begann der Brigadier loszubellen, erhob sich und verkündete:

»Schlu-uß mit dem Pennen, Hundertvierte! Ra-austreten!«

Sofort erhob sich die ganze Brigade, ob sie gedöst hatte oder nicht, gähnte und marschierte zum Ausgang. Der Brigadier sitzt neunzehn Jahre ab; er jagt einen keine Minute zu früh zum Ausmarsch hinaus. Hatte er »Raustreten!« befohlen, so hieß das höchste Zeit zum Raustreten.

Und während die Brigadeangehörigen einer hinter dem anderen wortlos erst über den Korridor, dann den Flur und die Vortreppe raustraten und der Brigadier der Zwanzigsten, im Anschluß an Tjurin, ebenfalls »Raustreten!« rief, hatte es Schuchow geschafft, die Filzstiefel samt den Fußlappen anzuziehen, die Wattejacke über die Weste zu streifen und mit einem Strick festzuziehen (besaß einer Lederriemen, so nahm man sie ihm ab; Riemen sind im Sonderlager nicht erlaubt).

So war Schuchow mit allem zurechtgekommen und holte die Letzten seiner Brigade auf dem Flur ein; ihre Rücken mit den Nummern verschwanden durch die Tür auf der Vortreppe. Die Brigademitglieder, die alles, was sie an Kleidungsstücken besaßen, übergezogen hatten, marschierten dicklich, schwerfällig, dicht aufgeschlossen im Gänsemarsch zur Lagerstraße, bestrebt, einer den anderen nicht zu überholen; und es knirschte der Schnee.

Immer noch war es dunkel, obgleich sich der Himmel vom Sonnenaufgang grünlich färbte und die Dämmerung begann. Aus dem Osten pfiff ein dünner, bösartiger Wind.

Es gibt keine bitterere Minute, als morgens zur Arbeit auszumarschieren. In der Dunkelheit, bei Frost, mit hungrigem Bauch für den ganzen Tag. Die Zunge ist wie gelähmt; man mag nicht reden. Auf der Lagerstraße rannte der jüngste Einsatzleiter hin und her.

»Nu, Tjurin, wie lange sollen wir noch warten? Hinkst du wieder nach?«

Diesen jüngsten Einsatzleiter fürchtete vielleicht Schuchow, nicht aber Tjurin. Dem zuliebe machte er den Mund nicht auf bei Frost, wenn's nicht nötig war. Er stapfte schweigend weiter. Und die Brigade hinter ihm her – tapp, tapp – im knirschenden Schnee.

Muß ein Kilo Speck hingebracht haben, denn die 104. Brigade kam wiederum zu ihrer alten Kolonne; man sah es an den Nachbarbrigaden. Zur Sozkolonie wird man irgend jemand ärmeren und dümmeren jagen. Oh, dort wird heute eine Kälte sein! Siebenundzwanzig Grad und Wind, kein Unterschlupf, nichts zum Aufwärmen! Ein Brigadier braucht viel Speck. Zum Einsatzstab bringen und den eigenen Bauch vollschlagen. Mag auch ein Brigadier selber keine Pakete bekommen, ohne Speck bleibt er nicht. Wer von der Brigade welchen bekommt, bringt ihm sofort seine Gabe.

Anders überlebt man nicht.

Der oberste Einsatzleiter notierte auf einem Brettchen: »Bei dir, Tjurin, ist heute einer krank. Zum Ausmarsch dreiundzwanzig?«

»Dreiundzwanzig«, nickte der Brigadier.

Wer fehlte denn? Pantelejew. Ist der etwa krank?

Und sofort ging ein Zischeln durch die ganze Brigade: Pantelejew, der Hundesohn, ist wieder im Lager geblieben. Von Krankheit keine Spur. Der Beauftragte des Politoffiziers hat ihn zurückbehalten. Wird wieder einen denunzieren.

Man wird ihn am Tage rufen; dann halte ihn ruhig drei Stunden fest, niemand hat's gesehen und gehört.

Führen aber wird man ihn als krank...

Die ganze Lagerstraße war schwarz von Wattejacken, und längs der Straße schoben sich die Brigaden langsam nach vorn, zur Filzung. Schuchow erinnerte sich, daß er die Nummern auf der Weste hatte erneuern lassen wollen, und er zwängte sich über die Lagerstraße auf die andere Seite. Dort standen beim Kunstmaler zwei, drei Sträflinge Schlange. Auch Schuchow stellte sich an. Eine Nummer, mein Lieber, nur dein Schaden. An ihr bemerkt dich der Aufseher schon von weitem, und auch der Wachtposten notiert dich; erneuerst du aber die Nummer nicht rechtzeitig, setzt es ebenfalls Bau: Warum kümmerst du dich nicht um die Nummer?

Im Lager sind drei Kunstmaler. Sie malen für die Lagerführung kostenlos Bilder und pinseln außerdem beim Ausrücken abwechselnd Nummern auf. Heute ist es der alte Mann mit dem grauen Bart. Wenn er mit dem Pinselchen die Nummer auf die Mütze malt, ist es gerade so, als ob einem der Pope die Stirn mit gesalbtem Öl bestreicht.

Er pinselt und pinselt und haucht in seinen Handschuh. Der Handschuh ist gestrickt, dünn; die Hand erstarrt, malt die Zahlen nicht aus.

Der Kunstmaler hatte Schuchows »S-854« auf der Weste erneuert, und Schuchow holte die Brigade wieder ein, ohne die Wattejacke zuzuknöpfen, da es bis zur Kontrolle nicht mehr weit war, den Strick in der Hand haltend. Und sofort bemerkte er, daß sein Brigadekamerad Zesar rauchte, daß er nicht Pfeife rauchte, sondern eine Zigarette. Man könnte ihn also angehen. Schuchow begann aber nicht ihn einfach anzubetteln, sondern pflanzte sich neben Zesar auf und blickte, ihm halb zugewandt, an ihm vorbei.

Er schaute wie gleichgültig vorbei, sah aber, daß sich nach jedem Zug (Zesar zog selten und in Gedanken versunken) ein Ring rotglühender Asche längs der Zigarette fortbewegte, der an ihr zehrte und sich dem Ende näherte.

Im gleichen Augenblick aber sog Fetjukow, dieser Schakal, in Gedanken mit, stellte sich Zesar unmittelbar gegenüber und begann, ihm auf den Mund zu schauen, und seine Augen funkelten.

Schuchow besaß kein einziges Tabakkrümelchen mehr, und vor Abend sah er keine Möglichkeit, welchen zu besorgen. Er wartete wie eine Feder gespannt auf die Zigarettenkippe und wünschte sie sich sehnlicher als selbst die Freiheit. Aber er hätte sich nicht so weit erniedrigt wie Fetjukow, hätte nicht auf den Mund geschaut.

In Zesar mischten sich alle Nationen; vielleicht war er Grieche, vielleicht Jude, vielleicht Zigeuner. Nicht zu begreifen. Er war noch jung, hatte Filme gedreht. Aber er war mit dem ersten Film noch nicht zu Ende, als man ihn einsperrte. Er trug einen schwarzen,

geschniegelten, kräftigen Schnurrbart. Man hatte ihn hier nicht abrasiert, weil er in den Akten auf dem Foto zu sehen war.
»Zesar Markowitsch«, konnte Fetjukow nicht mehr an sich halten, und der Speichel lief ihm herunter. »Lassen Sie mich einmal ziehen!« Sein Gesicht zitterte vor Gier und Begierde.
...Zesar öffnete die Lider, die er halb über seine schwarzen Augen gezogen hatte, und blickte Fetjukow an. Eben deswegen rauchte er lieber Pfeife, damit man ihn beim Rauchen nicht unterbrach, nicht anbettelte, mitziehen wollte. Es tat ihm nicht der Tabak leid, sondern der verlorene Gedanke. Er rauchte, um sich zu versenken, um irgendeinen nachhaltigen Gedanken zu finden. Aber kaum hatte er eine Zigarette angezündet, als er sofort in mehreren Augen las:
»Laß was zu rauchen übrig!«
Zesar wandte sich Schuchow zu:
»Da, nimm, Iwan Denissytsch!« Und mit dem Daumen drehte er die glühende Kippe aus der kurzen Bernsteinspitze heraus.
Schuchow fuhr herum (er hatte es nicht anders erwartet, als daß Zesar sie ihm von selber anbieten würde), griff dankbar nach der Kippe und hielt die andere Hand schützend darunter, falls sie ihm entfallen sollte. Er nahm es nicht krumm, daß Zesar sich davor ekelte, ihn die Kippe in der Bernsteinspitze zu Ende rauchen zu lassen (einer hat einen sauberen Mund, der andere nicht). Er verbrannte sich nicht seine schwieligen Finger, als er die glühende Kippe hielt. Hauptsache, er hatte Fetjukow, diesen Schakal, ausgestochen. Und nun sog er den Rauch ein, bis er seine Lippen fast versengte. Hm-m-m! Er drang durch den hungrigen Körper; im Kopf spürte er es und in den Beinen. Kaum aber war dieses Wonnegefühl durch seinen Körper gerieselt, als Iwan Denissowitsch ein Stimmengewirr vernahm:
»Man nimmt die Unterhemden ab...!«
So ist das Leben des Sträflings, an das sich Schuchow gewöhnt hatte:

Immer mußte man die Augen offen halten, damit einem keiner plötzlich an die Kehle sprang.
Warum die Hemden? Die Hemden hatte doch der Lagerführer selber ausgegeben?! Nein, das konnte es nicht sein...
Nur noch zwei Brigaden waren zu filzen, als die ganze 104. Brigade sah, wie sich von der Stabsbaracke her der Regimeleutnant Wolkowoj näherte und den Aufsehern etwas zuschrie. Und denen, die in Abwesenheit Wolkowojs die Filzung ziemlich lasch durchgeführt hatten, fuhr es durch alle Glieder. Sie stürzten los wie wilde Tiere, während der Sergeant brüllte:
»Hemden a-aufknöpfen!«
Nicht nur die Sträflinge und Aufseher fürchteten Wolkowoj, sondern – so sagte man – selbst der Lagerkommandant. Da hatte Gott den Schurken mit seinem Namen gezeichnet! – Wolkowoj sah immer aus wie ein Wolf. Düster, hoch aufgeschossen, mit finsterem Gesichtsausdruck und flinken Bewegungen. Wie ein Blitz schoß er hinter der Baracke hervor: »Was ist denn das hier für ein Sauhaufen?!« Man konnte ihm nicht entgehen. Anfangs trug er noch eine geflochtene Lederpeitsche von der Länge eines halben Armes bei sich, die er – so erzählte man – in der Gefängnisbaracke sausen ließ. Oder wenn sich beim Abendappell die Sträflinge bei ihrer Baracke drängelten. Dann schlich er sich von hinten heran und ließ die Peitsche auf die Nacken sausen: »Warum stehst du nicht im Glied, du Stinktier?!« Wie eine Welle wich die Masse der Sträflinge vor ihm zurück. Der Getroffene griff sich an den Hals, wischte sich das Blut ab und schwieg: Wenn er dich nur nicht noch einlocht!
Aus irgendeinem Grund trug er jetzt diese Peitsche nicht mehr bei sich.
Bei Frost galt für die einfachen Appelle – zwar nicht abends, aber morgens – ein erleichtertes Reglement. Der Sträfling knöpfte seine Wattejacke auf und hielt die Enden geöffnet von seinem Körper weg. So marschierten sie zu fünft auf fünf ihnen gegenüberstehende

Aufseher zu. Diese klopften den Sträfling an den Seiten der umgürteten Weste ab, betasteten die einzige erlaubte Tasche am rechten Oberschenkel und behielten dabei sogar ihre Fäustlinge an. Wenn sie etwas Verdächtiges spürten, zogen sie es nicht sofort heraus, sondern fragten träge: »Was ist denn das?!«

Was konnte man auch schon morgens bei einem Sträfling finden? Messer? Die trägt man doch nicht zum Lager hinaus, sondern ins Lager hinein. Kontrolliert werden muß morgens, ob nicht jemand etwa drei Kilo Verpflegung mit hinausschleppte, um damit zu türmen. Es gab eine Zeit, da man diese zweihundert Gramm der Mittagsration so fürchtete, daß der Befehl erging: Jede Brigade hat sich einen Holzkoffer zu zimmern, in diesem Koffer das gesamte Brot der Brigade mitzuführen und jeden Brotkanten der Brigademitglieder einzusammeln. Rätselhaft blieb freilich, was man damit bezwecken wollte. Am nächsten lag wohl die Absicht, damit die Leute zu schikanieren, ihnen eine weitere Sorge aufzubürden: Sollte man besser seine Portion anbeißen, um sie wiederzuerkennen in dem Koffer, weil die Kanten ja doch alle gleich sind? Den ganzen Tag denkt man daran und quält sich mit der Vorstellung, ob das eigene Stück nicht vertauscht wird, darüber streitet man sich später und mitunter kommt es zu Schlägereien. Einmal aber waren dann drei Mann mit einem Auto von der Arbeitsstelle getürmt und hatten den ganzen Koffer voll Brot mitgenommen. Da dämmerte es der Lagerführung, und nun wurden sämtliche Koffer von der Wache zu Kleinholz gemacht. Da, schleppt eure Rationen wieder selber! Oder muß morgens kontrolliert werden, ob nicht jemand unter seinen Sträflingskleidern einen Zivilrock trägt? Aber die Zivilklamotten sind doch längst alle abgenommen worden, wobei es hieß, man werde sie nach der Strafverbüßung zurückbekommen. Aber in diesem Lager hat das noch keiner erlebt.

Bliebe noch zu kontrollieren, ob nicht jemand Briefe bei sich hat, um sie durch einen Zivilisten abzuschicken. Wollte man aber jeden einzelnen nach Briefen durchfilzen, dann würde man mittags noch hier herumstehen. Sobald Wolkowoj brüllend einen Auftrag zum Filzen gab, streiften die Aufseher sofort ihre Handschuhe ab, befahlen, die Westen (in denen sich jeder etwas Barackenwärme aufgespeichert hatte) zu öffnen, die Hemden aufzuknöpfen, um festzustellen, ob nicht gegen die Vorschrift etwas druntergezogen ist. Dem Sträfling stehen zwei Hemden zu – ein Ober- und ein Unterhemd –, alles übrige, runter!

So wurde der Befehl Wolkowojs von den Sträflingen von Reihe zu Reihe weitergegeben. Welch ein Glück für die Brigaden, die schon durch sind. Einige stehen schon jenseits des Lagertores, während man diesen hier zubrüllt:

»Aufmachen!« Wer etwas untergezogen hat, muß es auf der Stelle bei grimmiger Kälte ausziehen.

So begann es, aber es kam ein Kuddelmuddel dabei heraus. Am Tor hatte es schon Luft gegeben, und der Wachtposten schrie:

»Los! Vorwärts!« Bei der 104. Brigade ließ Wolkowoj Gnade vor Recht ergehen: Notieren, wer etwas Überzähliges anhat. Soll es abends selber auf der Kammer abliefern und eine schriftliche Erklärung abgeben, wie und warum er es verheimlicht hat.

Schuchow trug nur Lagerkleidung: Da, fühl ruhig, nur Brust und Seele! Aber bei Zesar notierte man ein Flanellhemd, bei Bujnowskij anscheinend eine Weste oder so was wie eine Leibbinde. Bujnowskij platzte der Kragen. An seine Torpedoboote hatte er sich gewöhnt, aber nicht ans Lager, in den drei Monaten nicht:

»Ihr habt kein Recht, die Leute bei Frost sich ausziehen zu lassen! Ihr kennt Paragraph 9 des Strafgesetzbuches nicht!« Haben sie, kennen sie. Du, mein lieber Freund, kennst dich noch nicht aus.

»Ihr seid keine Sowjetmenschen!« hämmert der Kapitän drauflos.

»Ihr seid keine Kommunisten!«

Den Paragraphen aus dem Strafgesetzbuch hatte Wo!kowoj noch geschluckt; nun aber reagierte er wie von der Tarantel gestochen:

»Zehn Tage verschärften!«
Und zum Sergeanten etwas leiser: »Heut' abend erledigst du das.«
Sie lieben es nicht, morgens in den Karzer einzuweisen; ein Arbeitstag geht dabei flöten. Der soll erst seinen Tag abschuften, und am Abend dann, in den Bunker mit ihm! Das Lagergefängnis lag linker Hand unmittelbar neben der Lagerstraße; ein Steinbau mit zwei Flügeln. Den zweiten Flügel hatte man in diesem Herbst angebaut, in einem brachte man nicht mehr alle unter. Ein Gefängnis mit achtzehn Zellen, die Zellen obendrein in Einzelverschläge unterteilt. Das ganze Lager aus Holz, nur das Gefängnis aus Stein.
Die Kälte war unters Hemd gedrungen, jetzt kriegte man sie nicht mehr raus. Wie sehr sich die Sträflinge auch eingemummt hatten, – alles für die Katz! Und Schuchow zog es jetzt so im Rücken. Sich jetzt in die Lazarettkoje legen können und schlafen. Mehr möchte man nicht. Die Decke noch ein wenig schwerer.
Die Sträflinge stehen vor den Lagertoren, knöpfen ihre Jacken zu, schnüren sich ein, während die Begleitmannschaft von draußen brüllt: »Los! Vorwärts!« Und der Einsatzleiter knufft sie in den Rücken: »Los! Vorwärts!« Das erste Tor, die Vorzone, das zweite Tor. Außerdem die Absperrungen beiderseits der Wache.
»Halt!« schreit der Wachtposten. »Wie eine Hammelherde. Zu fünft einordnen.«
Es dämmert bereits. Das Lagerfeuer der Begleitmannschaft hinter der Wache ist fast niedergebrannt. Vor dem Ausrücken zünden sie immer ein Feuer an, um sich aufzuwärmen und um's beim Zählen heller zu haben.
Ein Wachtposten zählt laut, zackig, ab:
»Erste! Zweite! Dritte!«
Und die Fünferreihen marschieren in Gliedern, so daß man, ob man von hinten oder von vorn zuschaut, fünf Köpfe, fünf Rücken, zehn Beine sah.
An der anderen Absperrung steht schweigend ein zweiter Wacht-

posten – der Kontrolleur –, der nur kontrolliert, ob richtig gezählt wird.
Außerdem steht ein Leutnant da und schaut zu. Das sind die vom Lager.
Der Mensch ist kostbarer als Gold. Fehlt hinter dem Stacheldraht ein Kopf, mußt du deinen Kopf dazulegen. Und wieder hat sich die ganze Brigade zusammengefunden.
Und nun zählt der Sergeant der Begleitmannschaft ab: »Erste! Zweite! Dritte!«
Und wiederum marschieren die Fünferreihen.
Und von der anderen Seite kontrolliert der stellvertretende Begleitkommandoführer.
Und außerdem ein Leutnant.
Das sind die vom Begleitkommando.
Ein Irrtum darf überhaupt nicht vorkommen. Hast du für einen Mann weniger unterschrieben, hältst du deinen eigenen Kopf dafür hin.
Und Begleitposten – eine Unmasse! Sie haben die Kolonne für das Wärmekraftwerk im Halbkreis umstellt, halten die Maschinenpistolen im Anschlag, dir direkt vor die Schnauze. Und dann die Hundeführer mit den grauen Hunden. Ein Hund fletscht die Zähne, als ob er die Sträflinge auslache. Die Begleitposten alle in Halbpelzen, nur sechs in Pelzen. Sie tauschen die Pelze untereinander aus. Den besten zieht der an, der auf den Wachtturm muß.
Und noch einmal zählte die ganze Eskorte, die Brigaden vermischend, die ganze Kraftwerk-Kolonne nach Fünferreihen ab.
»Bei Sonnenaufgang herrscht der strengste Frost!« erklärt der Käpt'n. »Weil da der tiefste Punkt der nächtlichen Abkühlung erreicht ist.«
Überhaupt liebt es der Käpt'n zu erklären. Welchen Mond wir haben, ob er ab- oder zunimmt. Er berechnet es dir für jedes beliebige Jahr, für jeden beliebigen Tag.

Offensichtlich geht es mit dem Käpt'n bergab, eingefallene Wangen, aber guten Muts.
Hier, hinter dem Lager, biß der Frost bei dem sich versteifenden Wind kräftig in Schuchows an alles gewohntes Gesicht. Da ihm geschwant hatte, daß es einem auf dem ganzen Weg zum Kraftwerk ins Gesicht pfeifen würde, zog er das Läppchen über. Diesen Lappen trug er – wie auch viele andere – für den Fall bei sich, daß es windig wurde. Die Sträflinge hatten erprobt, daß ein solcher Lappen hilft. Schuchow umhüllte das Gesicht bis zu den Augen, führte die Streifen unter den Ohren durch und band sie am Nacken fest. Dann bedeckte er den Nacken mit dem Umschlag der Mütze und krempelte den Kragen der Wattejacke hoch. Außerdem zog er noch die vordere Klappe der ollen Mütze in die Stirn. Und so blieben nur noch seine Augen unbedeckt. Die Wattejacke zog er mit einem dünnen Strick fest an. Jetzt ist alles in Ordnung, aber die Fäustlinge taugen nichts, die Hände sind bereits erstarrt. Er rieb sie aneinander und schlug sie sich um den Körper, weil er wußte, daß man sie gleich auf den Rücken nehmen und sie den ganzen Marsch über dort behalten mußte.
Der Begleitkommandoführer leierte das tägliche Häftlings-»Gebet« herunter, das allen zum Hals heraushing: »Achtung, Strafgefangene! Während des Marsches ist in der Kolonne auf Ordnung zu achten! Keine zu großen Abstände, nicht zu nahe aufrücken, nicht von einer Fünferreihe zur anderen überwechseln, sich nicht unterhalten, nicht zur Seite blicken, Hände stets auf dem Rücken! Ein Schritt nach links oder rechts gilt als Fluchtversuch; die Wachmannschaft eröffnet ohne Warnung das Feuer! Kolonnenführer, marsch!«
Und,. wie's sein mußte, marschierten zwei Begleitposten die Straße voraus. Die Marschkolonne schaukelte vorwärts, mit den Schultern auf und ab wippend, während die Begleitposten rechts und links im Abstand von etwa zwanzig Schritt von der Kolonne, gegenseitig etwa zehn Schritt Abstand haltend, marschierten, die Maschinenpistolen im Anschlag.

Schon eine Woche hatte es nicht geschneit, der Weg war fest ausgetreten. Sie bogen um das Lager, und der Wind pfiff ihnen jetzt von der Seite ins Gesicht. Die Hände auf den Rücken verschränkt, die Köpfe gesenkt, marschierte die Kolonne wie zur Beerdigung. Zu sehen bekam man die Beine von zwei, drei Vordermännern und noch ein Fleckchen festgetrampelten Bodens, wohin man seine Füße setzte. Dann und wann schrie ein Posten laut:

»Ju-Achtundvierzig! Hände auf den Rücken!«, »B-Zweiundfünfzig! Aufrichten!« Dann werden die Schreie seltener, denn der Wind zwackte auch die Posten und behinderte die Sicht. Ihnen war es nicht erlaubt, Lappen umzubinden. Auch kein angenehmer Dienst ...

Wenn es wärmer war, unterhielten sich in der Kolonne alle, ob man sie anschrie oder nicht. Aber heute hatte sich jeder in sich verkrochen, jeder versteckte sich hinter dem Rücken des Vordermannes und hing seinen Gedanken nach.

Aber auch die Gedanken des Häftlings wandern nicht frei umher: Wird man nicht deine Ration in der Matratze aufstöbern? Wird man dich abends krank schreiben? Wird man den Käpt'n abends einlochen oder nicht? Wie ist Zesar zu seiner warmen Unterwäsche gekommen? Sicher hat er in der Kammer für persönliches Eigentum jemand bestochen, wie denn sonst?

Weil Schuchow ohne Brotportion gefrühstückt und alles kalt gegessen hatte, fühlte er sich nicht gesättigt. Und damit der Bauch nicht zu kneifen anfing und nicht nach Essen verlangte, hörte Schuchow auf, sich Gedanken über das Lager zu machen, und begann den Brief zu überlegen, den er bald nach Hause schreiben wird.

Die Kolonne marschierte an dem Holzverarbeitungswerk vorbei, das die Sträflinge gebaut hatten, an dem Wohnblock aus Holz (auch die Baracken hatten die Sträflinge errichtet, aber Zivilisten wohnten darin), am neuen Klub (wiederum vom Fundament bis zum Anstrich alles von den, Sträflingen, während Zivilisten Filme ansahen), und marschierte in die Steppe hinaus, gegen den Wind und auf die aufsteigende, rotglühende Sonne zu. Der nackte weiße Schnee zog sich links und rechts bis zum Horizont, und in der ganzen Steppe stand kein einziges Bäumchen.

Das neue Jahr, 1951, hatte begonnen, und Schuchow stand in diesem Jahr das Recht zu, zwei Briefe zu schreiben. Den letzten Brief hatte er im Juli abgeschickt, und im Oktober hatte er darauf die Antwort erhalten. In Ust-Ishma hatte eine andere Ordnung geherrscht, dort konnte man wenigstens jeden Monat schreiben! Was aber sollte man schon schreiben? Schuchow hatte auch damals nicht öfter geschrieben als jetzt...

Von Zuhause war Schuchow am 23. Juni 1941 fortgegangen. Am Sonntag war das Volk von Polomnja aus der Messe gekommen und hatte gesagt: Krieg. In Polomnja hatte es das Postamt erfahren. In Temgenjowo besaß vor dem Krieg niemand ein Radio, heute, schreiben sie, dröhne aus jeder Hütte ein Lautsprecher.

Jetzt schreiben heißt Steinchen in einen stillen, tiefen Teich werfen. Hin ist hin, und weg ist weg – da gibt's nichts mehr zu sagen. Kannst ja nicht schreiben, in welcher Brigade du arbeitest, was für einen Brigadier du in Andrej Prokofjewitsch Tjurin hast. Mit Kilgas, dem Letten, hat man jetzt mehr zu bereden als mit denen zu Hause. Aber auch sie schreiben zweimal im Jahre – versteh' einer ihr Leben! Ein neuer Kolchosvorsitzender – jedes Jahr das gleiche. Man hat Kolchosen zusammengelegt. Das hat man schon früher getan und sie dann wieder aufgeteilt. Oder einer hatte die Arbeitsnorm nicht erfüllt – dann hatte man ihm sein Hofland bis auf fünfzehn Ar und anderen sogar ganz weggenommen.

Was Schuchow überhaupt nicht eingehen wollte, war, daß die Frau schrieb, seit dem Krieg sei nicht mehr eine einzige Seele zum Kolchos hinzugestoßen; die Mädchen und Burschen brächten es auf irgendeine Weise fertig, sich in Massen entweder in die Stadt, in die Fabrik oder in den Torfverarbeitungsbetrieb abzusetzen. Die Hälfte der Männer sei überhaupt nicht aus dem Krieg zurückgekehrt, wäh-

rend jene, die aus dem Krieg zurückkamen, vom Kolchos nichts wissen wollten. An Männern im Kolchos verblieben seien der Brigadier Sachar Wasiljitsch und der 84jährige Zimmermann Tichon, der vor kurzem geheiratet habe; Kinder sind auch schon da. Im Kolchos werkelten noch die gleichen Weiber wie schon 1930.
Eben das wollte Schuchow nicht in den Kopf. Sie wohnen im Kolchos und arbeiten woanders. Schuchow hatte das Leben der Einzelbauern und das Leben im Kolchos gesehen, aber daß die Bauern nicht in ihrem Dorf arbeiteten, das wollte und wollte ihm nicht in den Kopf. Sieht ganz nach Wandergewerbe aus, wie? Und wie stehts mit der Heuernte?
Das Wandergewerbe, schrieb die Frau zurück, habe man längst aufgegeben. Sie verdingten sich weder als Zimmerleute, wofür ihre Gegend einst berühmt war, noch flechte man heute mehr Weidenkörbe – das brauche niemand mehr. Dafür habe man ein neues, lustiges Gewerbe, nämlich Wandteppiche bemalen. Irgend jemand habe aus dem Krieg Schablonen mitgebracht, und seitdem laufe die Sache; und es würden dieser Meister, das heißt Maler, immer mehr. Sie seien nirgendwo angestellt, arbeiteten nirgends, hülfen einen Monat lang im Kolchos mit, eben beim Heuen und bei der Ernte. Dafür stelle ihnen dann der Kolchos eine Bescheinigung für elf Monate aus, daß der Kolchosbauer Sowieso privater Angelegenheiten wegen beurlaubt sei und ihm gegenüber keinerlei Ansprüche bestünden. Dann reisten sie im ganzen Land umher und benutzten sogar Flugzeuge, da sie mit ihrer Zeit haushalten müßten, aber Rubel zu Tausenden scheffelten und überall Teppiche bemalten, den Teppich zu fünfzig Rubel auf irgendeinem x-beliebigen alten Laken, das man entbehren könne und um das es einem nicht leid tue. Bemalen aber könne man einen solchen Teppich in höchstens einer Stunde. Und die Frau hegte die große Hoffnung, daß Iwan zurückkehren und ebenfalls ein solcher Maler werden würde. Dann kämen sie aus der Armut heraus, in der sie sich abrackere, würden die Kinder aufs

Technikum schicken und statt der alten morschen Hütte sich eine neue hinstellen. Alle Maler stellten sich neue Häuser hin. In der Nähe der Eisenbahn kosteten die Häuser heute nicht mehr wie früher 5000, sondern 25 000.

Damals hatte er die Frau gebeten, ihm zu beschreiben, wie er denn so ein Maler werden könne, wo er von Haus aus doch überhaupt nicht zeichnen könne. Und was für wunderliche Teppiche das seien, was alles darauf gemalt sei?

Die Frau hatte geantwortet, nicht bemalen könne sie nur ein Dummkopf; nur die Schablone sei aufzulegen und die freien Stellen zu überpinseln. Von diesen Teppichen gebe es drei Sorten: einen »Troika«-Teppich, auf dem eine Troika mit hübschem Geschirr einen Husarenoffizier zieht; weiter einen »Hirsch«-Teppich und einen dritten auf persische Art bemalt. Weitere Muster gebe es nicht, aber auch für diese sagten die Menschen im ganzen Lande »Dankeschön« und rissen sie einem aus den Händen. Weil ein echter Teppich nicht fünfzig Rubel, sondern Tausende kostet.

Hätte Schuchow auf diese Teppiche wenigstens einmal einen Blick werfen können ...

In Lagern und Gefängnissen hatte es sich Schuchow abgewöhnt, sich den Kopf zu zerbrechen, was morgen, was in einem Jahr sein und womit man die Familie ernähren würde. An alles denken die Vorgesetzten für einen, und es ist wohl auch leichter so. Und absitzen muß er noch einen Sommer und noch einen Winter und Sommer. Aber diese Teppiche setzten ihm doch arg zu ...

Ein leichter, blitzartiger Verdienst offenbar. Und hinter den eigenen Dorfbewohnern nachzustehen, ärgerte auch ... Und doch war die Sache mit diesen Teppichen nicht nach seinem Geschmack. Man brauchte dafür Ungeniertheit, Unverfrorenheit, mußte dem einen oder anderen was zustecken. Schuchow tappte nun schon 40 Jahre auf dieser Erde herum, die Hälfte der Zähne fehlte. Auf dem Kopf eine Platte. Niemals hatte er irgend jemandem etwas zugesteckt und

von niemandem etwas genommen. Auch im Lager hatte er es nicht gelernt.
Leicht verdientes Geld, es wiegt nichts, und man hat auch nicht das Gefühl, daß man etwas verdient hat. Die Alten hatten richtig gesagt: Was du nicht bezahlst, trägst du auch nicht heim. Schuchows Hände sind noch gut, noch kräftig. Wird er in der Freiheit wirklich keine Arbeit als Ofensetzer, Tischler oder Klempner finden können? Aber weil er rechtlos geworden ist, wird ihn niemand einstellen, nach Hause werden sie ihn auch nicht lassen. Nun dann, in Gottes Namen, meinetwegen auch an diese Teppiche ran, wenn die Zeit gekommen ist.
In der Zwischenzeit war die Kolonne vor der Wache der weit auseinandergezogenen Baustelle angelangt und machte halt. Schon etwas eher hatten sich bei Beginn der Bauzone noch zwei Wachtposten in Pelzen selbständig gemacht und waren übers freie Feld zu ihren Wachttürmen gelatscht. Bevor die Wachtposten nicht alle Türme besetzt hielten, ließ man niemanden hinein. Der Begleitkommandoführer ging mit umgehängter MP zur Wache.
Aus dem Schornstein der Wachbude kräuselte unaufhörlich Rauch. Dort sitzt als Wachmann ein Zivilist, die ganze Nacht, damit man weder Bretter noch Zement herausschleppt.
Gleichsam in Nebel getaucht, strahlt eine große, rote Sonne durch die verdrahteten Tore, durchschneidet das ganze Baugelände und den Drahtzaun in der Ferne auf der anderen Seite. Neben Schuchow betrachtet Aljoschka die Sonne und freut sich; ein Lächeln umspielt seine Lippen. Die Wangen eingefallen, nur auf seine Ration angewiesen. Verdient nirgends etwas hinzu – worüber freut er sich? An den Sonntagen tuschelt er mit den übrigen Baptisten des Lagers. Das Lager läßt sie kalt.
Der Gesichtsschutz für den Marsch, das Läppchen, war während des Marsches vom Atem völlig durchnäßt worden und zur Eiskruste geworden. Schuchow streifte sie vom Gesicht und kehrte sei-

nen Rücken gegen den Wind. Er hatte ihm nirgendwo zu arg zugesetzt; nur die Hände in den elenden Fäustlingen froren, und die Zehen am linken Fuß waren wie abgestorben. Daran war der versengte und zweimal geflickte linke Filzstiefel schuld. Im Kreuz und im Rücken zog es bis zu den Schultern herauf, riß es. Und dann arbeiten! Er schaute sich um, und sein Blick fiel auf den Brigadier, der in der hinteren Fünferreihe marschiert war. Der Brigadier hat kräftige Schultern, ein Kerl wie ein Schrank. Steht da und schaut finster drein. Was seine Brigade angeht, so spart er nicht mit Flüchen, wenn es aber ums Essen geht, dann ist nichts gegen ihn zu sagen. Er sorgt für bessere Rationen. Er sitzt ein zweites Mal; der Liebling der Hauptverwaltung der Straflager kennt die Lagersitten aus dem Effeff.

Der Brigadier ist im Lager alles: Ein guter Brigadier schenkt dir ein zweites Leben, ein schlechter verhilft dir zum Sarg. Schuchow kannte Andrej Prokofjewitsch schon von Ust-Ishma her, war aber dort nicht in seiner Brigade gewesen. Als man die wegen Paragraph 58 Verurteilten aus dem gewöhnlichen Lager nach hier, in das Sonderlager, verfrachtete, las ihn Tjurin hier auf. Mit dem Lagerführer, dem Einsatzstab, den Bauführern, den Ingenieuren hat Schuchow nichts zu tun. Überall steht der Brigadier für ihn gerade; der Brigadier hat eine stählerne Brust. Dafür bewegt er nur die Augenbrauen oder weist mit dem Finger: Dalli, mach es! Betrüge im Lager, wen du willst, nur nicht Andrej Prokofjewitsch. Und du bleibst am Leben.

Schuchow möchte nun den Brigadier fragen, ob am selben Ort wie gestern gearbeitet wird oder ob der Arbeitsplatz gewechselt werden muß, hat aber Angst, dessen hohen Gedankenflug zu stören. Eben erst hat er ihnen die Sozkolonie erspart und macht sich nun wohl seine Gedanken über die Prozente, von denen die Verpflegung für die nächsten Tage abhängt.

Der Brigadier hat im Gesicht tiefe Pockennarben. Er steht gegen den

Wind, verzieht keine Miene, die Gesichtshaut wie Eichenrinde. In der Kolonne schlägt man mit den Armen um sich, trampelt auf der Stelle. Welch böser Wind! Auf allen sechs Türmen scheinen schon die Holzköpfe zu hocken, aber man läßt sie noch nicht auf die Baustelle. Übertreiben es mit der Wachsamkeit.

Endlich! Der Kommandoführer und der Kontrolleur treten aus der Wachbude, postieren sich beiderseits des Tores und öffnen es.

»Zu Fünferreihen a-auf-rücken! Erste! Zweite!«

Wie bei der Parade, fast im Marschtritt, beginnen die Häftlinge einzurücken. Nur hinein in die Bauzone; dort belehre uns keiner, was zu tun ist.

Das Kontor kommt gleich hinter der Wache. Dort steht der Bauführer und winkt die Brigadiere herbei, die sich ohnehin an ihn wenden. Auch Derr tritt hinzu, ein Zehnergruppenführer und Sträfling zugleich, ein abgefeimter Lump, der seinen Sträflingsbruder schlimmer hetzt als ein Hund.

Acht Uhr und fünf Minuten (der Energiezug hat eben geheult). Die Bauleitung befürchtet, die Sträflinge könnten Zeit vergeuden, sich in die Wärmeräume verkrümeln, wo doch für sie der Tag lang ist, die Zeit für alles ausreicht. Wer das Baugelände betritt, bückt sich: dort ein Spänchen, hier ein Spänchen. Feuer für unseren Ofen.

Und man beginnt, sich in die Löcher zu verkriechen.

Tjurin befiehlt seinem Gehilfen Pawlo, ihm ins Kontor zu folgen. Auch Zesar biegt nach dorthin ab. Zesar ist reich, erhält zweimal im Monat Pakete, steckt jedem, bei dem es nötig ist, was zu – und arbeitet als Kalfaktor im Kontor, als Gehilfe des Normberechners. Der Rest der 104. Brigade tritt sofort zur Seite und – ab geht's.

Die Sonne geht rot und neblig über der leeren Baustelle auf. Die Holzteile der Fertighäuser sind vom Schnee zugeweht, dort ist eine Mauer begonnen, ein Fundament gelegt und wieder liegengelassen worden; hier liegt ein zerbrochener Baggerhebel, dort ein Kübel, dort Eisengerümpel; ein halbausgehobener Abflußgraben, ausgeho-

bene Gruben; die Autoreparaturwerkstätten bis zur Decke hochgezogen; beim Kraftwerk auf dem Hügel ist mit dem ersten Stock begonnen worden.
Und alle haben sich verkrochen. Nur die sechs Wachtposten stehen auf den Türmen, und beim Kontor hastet man hin und her. Das ist unser Augenblick! So oft der verantwortliche Bauführer – so heißt es – auch drohte, alle Brigaden schon abends einzuweisen, hat es dann niemals geklappt. Weil bei ihnen von abends bis morgens alles auf den Kopf gestellt wird.
Der Augenblick ist unser! Bis die Bauleitung sich klar geworden ist, verdrück dich dahin, wo es wärmer ist, hock dich nieder, setz dich hin, wirst dir den Rücken schon noch krumm und lahm schuften. Schön, wenn es in Ofennähe ist, wenn man die Fußlappen wenden und ein wenig anwärmen kann. Dann bleiben die Füße den ganzen Tag warm. Aber auch ohne Ofen ist es schön.
Die 104. Brigade hat sich in die große Halle der Autoreparaturwerkstatt verzogen, die seit Herbst verglast ist, und in der die 38. Brigade Betonplatten gießt. Einzelne Platten liegen in den Schalungen, andere sind senkrecht aufgestellt; dort liegt Bewehrungsstahl. Eine hohe Halle, Erdfußboden. Warm wird es hier nicht werden, aber man heizt diese Halle wenigstens, spart nicht mit Kohlen. Nicht etwa, damit sich die Leute aufwärmen können, sondern damit die Platten besser abbinden. Sogar ein Thermometer hängt da, und auch sonntags, wenn das Lager aus irgendeinem Grund nicht zur Arbeit ausrückt, heizt ein Zivilist.
Die Achtunddreißigste läßt natürlich niemanden an den Ofen heran. Sie sitzt selber drum herum und trocknet Fußlappen. In Ordnung, wir nehmen auch mit der Ecke hier vorlieb.
Mit dem Hinterteil seiner bereits überall durchgesessenen Wattehose richtete sich Schuchow auf der Kante einer Verschalung ein und lehnt den Rücken an die Wand. Als er ein wenig abrutscht, spannen sich Wattejacke und Weste und er spürt, wie ihn irgend

etwas Hartes an der linken Brustseite, am Herzen, drückt. Dieses Harte ist die Ecke des Brotkantens, der halben Morgenportion im Innentäschchen, die er sich für den Mittag mitnahm. Es war immer die gleiche Menge, die er zur Arbeit mitnahm, ohne sich vor Mittag daran zu vergreifen. Sonst hatte er die andere Hälfte zum Frühstück verzehrt, nur heute nicht. Und Schuchow begriff, daß er damit nichts verbessert hatte. Jetzt packte ihn die Gier, die Portion hier im Warmen, auf der Stelle, zu verzehren. Bis zum Mittag waren es noch fünf lange Stunden.

Der Schmerz im Kreuz hatte sich nun in die Beine verlagert. Er fühlte sich wacklig, wenn er doch ans Öfchen könnte...!

Schuchow legte die Fäustlinge auf die Knie, knöpfte die Jacke auf, band seinen vereisten Gesichtsschutz vom Nacken los, knickte ihn ein paarmal und steckte ihn in die Tasche. Dann zog er den armseligen Brotkanten aus dem weißen Lappen hervor und begann, das Läppchen im Brusttäschchen haltend, damit kein Krümelchen neben den Lappen falle, kleine Bissen abzubeißen und ganz langsam zu kauen. Er hatte das Brot unter zwei Kleidungsstücken getragen, es mit seinem eigenen Körper gewärmt, und so war es überhaupt nicht gefroren.

In den Lagern hatte Schuchow so manches Mal daran gedacht, wie man früher im Dorf gegessen hatte: Kartoffeln – ganze Bratpfannen voll; Brei – Eisentöpfe voll, und noch früher Fleisch – anständige Batzen. Sich obendrein mit Milch vollgepumpt – mochte der Bauch ruhig platzen. In den Lagern hatte Schuchow begriffen, daß man es so nicht hätte tun sollen. Essen muß man so, daß die Gedanken ausschließlich beim Essen sind. Gerade so, wie du jetzt diese kleinen Bissen abbeißt, sie mit der Zunge ausquetschst und in den Backen aussaugst, und wie duftig dir dann dieses schwarze, nasse Brot erscheint. Das Schuchow nun schon acht Jahre ißt, ein neuntes noch? Nichts dagegen. Und er schuftet dennoch. Und wie!

So war Schuchow mit seinen zweihundert Gramm beschäftigt,

während in seiner Nähe, auf der gleichen Seite, die ganze 104. Brigade saß.
Zwei Esten saßen wie Blutsbrüder auf einer niedrigen Betonplatte und rauchten gemeinsam, abwechselnd, die kümmerliche Hälfte einer Zigarette aus der gleichen Spitze. Diese Esten waren beide hellblond, beide lang, beide hager. Beide hatten lange Nasen und große Augen. Sie hingen derart aneinander, als ob der eine ohne den anderen nicht genügend Luft bekäme. Der Brigadier trennte sie niemals. Sie aßen alles zur Hälfte und schliefen auch gemeinsam auf der oberen Pritsche. Und wenn sie in der Kolonne standen oder beim Ausrücken warteten oder sich zur Ruhe legten, unterhielten sie sich die ganze Zeit miteinander, stets leise, bedächtig. Dabei waren sie keineswegs Brüder, sondern hatten sich erst hier, in der 104. Brigade, kennengelernt. Der eine – hieß es – er war ein Fischer von der Küste, den anderen hatten die Eltern, als sich die Sowjets installiert hatten, als kleines Kind nach Schweden mitgenommen. Als er erwachsen war, war er aus eigenem Antrieb zurückgegangen, um in Estland die Fachschule zu beenden. Da sagt man nun, die Nationalität bedeute nichts, in jeder Nation gebe es schlechte Menschen. Aber wieviele Esten Schuchow auch zu Gesicht bekommen hatte, schlechte waren ihm nicht begegnet.
So saßen alle da: dieser auf Platten, jener auf der hölzernen Verschalung, andere einfach auf dem Boden. Zum Gespräch ist die Zunge morgens nicht aufgelegt; jeder hing seinen Gedanken nach und schwieg. Dieser Schakal, Fetjukow, hatte irgendwo Kippen aufgelesen (er verschmähte es nicht einmal, sie aus dem Spucknapf herauszufischen). Jetzt zerpflückte er sie auf den Knien und schüttete die Tabakreste in eine Papierhülle. Als freier Mann gehörten zu Fetjukow drei Kinder. Seitdem er saß, hatten sich alle von ihm losgesagt, und die Frau einen anderen geheiratet. So bekam er von nirgendwo Hilfe.
Bujnowskij schielte andauernd zu Fetjukow hinüber und schnarrte los:

»Warum, zum Teufel, hebst du jeden Bazillendreck auf? Willst du dir die Syphilis aufhalsen? Laß es bleiben!«
Der Käpt'n, der Fregattenkapitän, ist das Kommandieren gewohnt. Spricht er mit den Leuten, dann ist es so, als ob er kommandiere. Fetjukow aber ist von Bujnowskij in nichts abhängig, und Pakete bekommt der Käpt'n auch keine. Und er entgegnete, den fast zahnlosen Mund zu einem hämischen Grinsen verzogen:
»Abwarten, Käpt'n, sitz erst mal acht Jahre ab, dann wirst auch du aufklauben. Es sind schon stolzere Leute als du ins Lager gekommen...«
Fetjukow urteilt nach seiner eigenen Erfahrung, der Käpt'n aber wird vielleicht doch den Nacken steif halten...
»Was gibt's, was ist los?« Der schwerhörige Senka Klewschin hatte es nicht ganz mitgekriegt. Er dachte, es sei davon die Rede, wie den Bujnowskij heute morgen beim Ausrücken die Wut gepackt habe. »Lohnt nicht, aus der Haut zu fahren!« Er schüttelte niedergeschlagen den Kopf. »Wäre alles auch so vorübergegangen.«
Senka Klewschin ist ein stiller, ein armer Tropf. Das eine Trommelfell war ihm schon 1941 geplatzt. Dann war er in Gefangenschaft geraten, getürmt, wieder geschnappt und in Buchenwald eingesperrt worden. Dort war er wie durch ein Wunder dem Tod entgangen. Nun sitzt er seine Strafzeit ergeben ab: Fährst du aus der Haut, dann bist du verloren.
Das stimmt, ächze und ducke dich. Lehnst du dich auf, zerbrichst du. Alexej hatte das Gesicht in die Handflächen vergraben und schwieg. Er betete.
Schuchows Portion war bis auf die Handfläche verputzt, er ließ jedoch ein angeknabbertes Stückchen von der halbrunden oberen Brotkruste übrig. Denn mit keinem Löffel kann man den Brei so sauber aus der Schüssel herausputzen wie mit Brot. Er wickelte die armselige Brotrinde wieder in das weiße Läppchen für die Mittagsration ein, steckte das Läppchen in die Innentasche unter der Weste,

knöpfte die Jacken des Frostes wegen wieder zu und war bereit. Jetzt konnte die Arbeit kommen. Noch besser freilich, wenn man noch etwas warten würde.
Die 38. Brigade erhob sich und lief auseinander. Dieser zur Mischmaschine, jener nach Wasser, ein anderer zur Bewehrung. Aber weder Tjurin noch sein Gehilfe Pawlo ließen sich bei ihrer Brigade sehen. Und obgleich die 104. Brigade erst zwanzig Minuten gewartet hatte, ihr winterlicher, verkürzter Arbeitstag aber bis sechs Uhr dauerte, schien dies allen schon als großes Glück, gleichsam als ob es bis zum Abend nicht mehr weit sei.
»Ach, lange kein Schneesturm mehr gewesen!« seufzte der rotwangige, gut genährte Lette Kilgas. »Den ganzen Winter noch kein einziger Schneesturm! Was ist das für ein Winter?!«
»Ja ... Schneestürme ... Schneestürme ...«, seufzte die ganze Brigade.
Wenn hier ein Schneesturm aufkam, dann hatte man weniger Angst davor, zur Arbeit auszurücken, als vielmehr allein aus der Baracke zu treten. Denn ist von der Schlafbaracke zur Eßbaracke kein Seil gespannt, dann verirrt man sich. Erfriert ein Häftling im Schnee, dann freß ihn der Hund. Wenn er aber türmt? War auch schon vorgekommen. Bei Schneesturm ist der Schnee wie Pulver und verdichtet sich in den Schneewehen, als habe ihn jemand festgestampft. Eben über eine solche Schneewehe, über den zugewehten Stacheldraht, waren einige abgehauen. Sie kamen freilich nicht weit.
Vom Schneesturm hat man, wenn man sich's überlegt, gar keinen Vorteil. Die Sträflinge sitzen hinter Verschluß, die Kohlen kommen nicht rechtzeitig, und die Wärme verflüchtigt sich aus der Baracke. Man schafft kein Mehl ins Lager, Brot gibt es nicht. Selbst in der Küche kommen sie nicht zu Rande. Wie lange überdies dieser Schneesturm auch toben mag – drei Tage, eine Woche vielleicht –, man zählt diese Tage als freie Tage und jagt einen dann ebensoviele Sonntage zur Arbeit hinaus.
Aber trotzdem lieben die Sträflinge den Schneesturm und beten um

ihn. Kaum beginnt sich der Wind zu versteifen, richten alle ihre Blicke zum Himmel. Gäbe es doch Zunder! Zunder! Also Schnee. Denn bei einem Wind, der nur flach über den Boden weht, springt niemals ein lohnender Schneesturm heraus.

Schon hatte sich einer zum Aufwärmen an den Ofen der 38. Brigade herangemacht, und schon verscheuchte man ihn lautstark.

Im gleichen Augenblick betrat Tjurin die Halle. Er schaute finster drein. Die Brigadekumpels verstanden: Etwas mußte erledigt werden, und zwar sofort.

»So-o«, schaute Tjurin um sich, »alles da, Hundertvierte?«

Ohne zu kontrollieren und ohne abzuzählen – denn Tjurin wird niemals jemand entwischen –, begann er rasch einzuteilen. Die beiden Esten, dazu noch Klewschin und Goptschik, schickte er los, die große Mörtelpfanne zum Kraftwerk zu tragen. Damit war klar, daß die Brigade zum Kraftwerk überwechselte, das man nicht fertig gebaut und im Spätherbst liegengelassen hatte. Zwei Mann schickte er zur Werkzeugausgabe, wo Pawlo Werkzeug empfangen hatte. Vier Mann trug er auf, die Umgebung des Kraftwerks, den Eingang zur Maschinenhalle, die Maschinenhalle selber sowie die Leitern von Schnee freizuschaufeln. Zwei weiteren befahl er, den Ofen in der Halle mit Kohlen zu heizen, Holz und Bretter zu organisieren und zu spalten. Einem weiteren, Zement auf dem Schlitten dorthin zu transportieren. Zweien, Wasser zu bringen, zwei anderen, Sand zu schleppen und einem, diesen Sand vom Schnee zu befreien und mit dem Brecheisen kleinzuschlagen.

Damit waren nur noch Schuchow und Kilgas, die ersten Meister in der Brigade, übriggeblieben. Der Brigadier rief sie zu sich:

»Nun, also, Jungs« – er war nicht älter als sie, hatte aber die Angewohnheit, sie mit »Jungs« anzureden – »ab Mittag werdet ihr mit Blocksteinen im ersten Stock Wände hochziehen, dort, wo im Herbst die 6. Brigade aufgehört hat. Jetzt aber muß die Maschinenhalle geheizt werden. Sie hat drei große Fenster, sie vor allem müssen mit irgend etwas dicht gemacht werden. Ich gebe euch noch Leute zur Hilfe, überlegt erst mal, womit man sie abdichten kann. Die Maschinenhalle wird Mörtelmischraum und Wärmeraum zugleich sein. Kriegen wir sie nicht warm, frieren wir wie die Hunde, kapiert?«

Vielleicht hätte er noch etwas gesagt, aber da kam Goptschick, ein Bürschlein von etwa 16 Jahren, rosig wie ein Ferkelchen, zu ihm gerannt, um sich zu beklagen, daß die andere Brigade die Mörtelpfanne nicht hergeben wolle und es Scherereien gebe. Und Tjurin machte sich nach dorthin auf.

Wie schwer es auch war, den Arbeitstag bei solcher Kälte zu beginnen, – es ging aber immer nur um diesen Beginn. Es war allein wichtig, ihn, nur ihn, hinter sich zu bringen.

Schuchow und Kilgas schauten einander an. Sie hatten nicht zum ersten Male zusammengearbeitet und schätzten einer im anderen den Zimmermann und den Maurer. Es war nicht leicht, in dieser Schneewüste, etwas herbeizuschaffen, womit man die Fenster hätte abdichten können. Aber Kilgas sagte: »Wanja! Dort bei den Fertighäusern weiß ich ein Plätzchen. Dort liegt eine dicke Rolle Dachpappe. Ich selber habe sie abgedeckt. Machen wir uns auf?«

Obwohl Kilgas Lette ist, spricht er Russisch wie seine Muttersprache. In, der Nachbarschaft hatte es ein Altgläubigen-Dorf gegeben, und von Kind auf hatte er es dort gelernt. Mit Lagern ist Kilgas zwar erst seit zwei Jahren vertraut, aber er kennt sich in allem aus: Was du dir nicht herausbeißt, erbettelst du dir nicht. Da Kilgas Johann heißt, redet ihn Schuchow auch immer mit Wanja an.

Sie beschlossen, sich die Dachpappe zu verschaffen. Schuchow lief mit Kilgas zunächst zu dem im Bau befindlichen Gebäude der Autoreparaturwerkstatt, um sich dort seine Kelle zu holen. Die Kelle ist für den Maurer etwas Großartiges, wenn sie gut in die Hand paßt und leicht ist. Aber auf jeder Baustelle war es so geordnet, daß man morgens sämtliches Handwerkszeug in Empfang nahm und es abends wieder abgab. Welches Handwerkszeug man dann morgens wieder erwischte, war Glücksache. Aber eines Tages hatte Schuchow den Werkzeugwart übertölpelt und die beste Maurerkelle nicht zurückgegeben. Jetzt versteckte er sie jeden Abend woanders und holte sie jeden Morgen, wenn gemauert wurde, wieder hervor. Gewiß, hätte man die Hundertvierte heute morgen zur Sozkolonie getrieben, hätte Schuchow heute ohne Kelle dagestanden. Nun aber wälzte er einen Stein beiseite, steckte die Finger in den Spalt – und zog sie hervor.

Schuchow und Kilgas verließen die Autoreparaturwerkstätte und gingen auf die Fertighäuser zu. Ihr Atem bildete dichte Dampfwolken. Die Sonne war schon aufgestiegen, strahlenlos, wie im Nebel. Seitlich der Sonne schienen Pfähle herauszuragen.

»Sind das nicht Pfähle?« Schuchow deutete nickend voraus.

»Uns stören Pfähle nicht.« Kilgas winkte ab und begann zu lachen. »Falls man nicht Stacheldraht zwischen ihnen gespannt hat. Darauf kommt's an!«

Bei Kilgas fällt kein Wort ohne Scherz. Deshalb liebt ihn auch die ganze Brigade. Und wie ihn erst die Letten des ganzen Lagers schätzen! Nun, Kilgas ernährt sich normal, zwei Pakete pro Monat, rotwangig, als ob er überhaupt nicht im Lager sei. Dann ist gut scherzen.

Die Baustelle ist riesengroß. Es braucht einige Zeit, sie ganz zu durchqueren. Unterwegs stoßen sie auf die Kumpels von der 82. Brigade. Heben Gruben aus, nur 50x50 im Quadrat und 50 tief, aber der Boden ist hier selbst im Sommer wie Stein, und jetzt obendrein gefroren: Beiß dich hinein! Schlägt man mit der Spitzhacke darauf, prallt sie ab, und die Funken sprühen. Aber Erde – nicht ein Krümchen. Jeder von den Jungens steht über seinem Loch, schauen sich um. Sie können sich nirgends aufwärmen, und wegzugehen erlaubt man ihnen nicht. Also greift man wieder zur Spitzhacke. Sie macht einem warm.

Unter ihnen erkennt Schuchow einen Bekannten aus der Gegend von Wjatka und gibt ihm einen Rat:

»Hört mal, macht ein Feuerchen über jedem Loch, dann taut die Erde.«

»Man erlaubt's ja nicht«, seufzt der Landsmann, »man gibt kein Holz dafür her.«

»Finden muß man's.« Kilgas spuckt nur aus. »Nun, sag selber, Wanja. Hätte die Bauleitung Verstand, würde sie dann bei solch einem Frost Leute hinstellen, um den Boden mit Spitzhacken zu bearbeiten?!«

Kilgas schimpft noch eine Weile etwas Unverständliches und verstummt, denn bei Frost ist man nicht gesprächig. Sie gehen weiter und weiter und kommen zu der Stelle, wo die Holzplatten der Fertighäuser unter dem Schnee begraben liegen.

Schuchow arbeitet gern mit Kilgas zusammen. Er hat nur einen Fehler, er raucht nicht, und seine Pakete enthalten keinen Tabak.

Und wirklich, Kilgas ist ein scharfer Beobachter. Sie heben ein Brett hoch, dann ein zweites, unter dem die zusammengerollte Dachpappe liegt.

Sie ziehen sie heraus. Was nun? Wie soll man sie tragen? Sie können vom Wachtturm aus gesehen werden, das macht aber nichts. Die Holzköpfe kümmern sich nur darum, daß ihnen die Sträflinge nicht davonlaufen, aber innerhalb der Arbeitszone könnten sie sogar die Holzplatten zu Kleinholz machen. Selbst wenn ihnen der Lageraufseher begegnen sollte, ist das nicht schlimm. Der sieht auch zu, daß er was ergattern kann. Die »Arbeiter« pfeifen alle auf diese Fertighäuser. Ebenso die Brigadiere. Nur der zivile Bauleiter, der Zehnergruppenführer aus den Reihen der Sträflinge und der hoch aufgeschossene Schkuropatenko kümmern sich darum. Ein Nichts ist er, der Schkuropatenko, nur ein Sträfling. Sie haben ihm deswegen den provisorischen Auftrag erteilt, die Fertighäuser vor den Sträflingen zu bewachen, damit sie nichts fortschleppen. Dieser

Schkuropatenko ist es auch, der sie noch am ehesten auf der freien Fläche erwischen könnte.
»Man darf sie nicht flach tragen, Wanja«, überlegt Schuchow. »Laß uns die Rolle senkrecht umfassen. So werden wir sie leicht transportieren können und sie mit unseren Körpern verdecken. Er wird sie nicht erkennen.« Schuchows Idee ist gut. Die Rolle unter den Arm zu nehmen wäre unbequem. Sie lassen es bleiben und drücken sie statt dessen beim Gehen zwischen ihren Körpern zusammen, so daß sie wie ein dritter Mann aussieht. Von der Seite könnte man meinen, daß zwei Männer dicht nebeneinander gehen.
»Aber später wird der Bauführer diese Pappe an den Fenstern sehen und so dahinterkommen«, sagt Schuchow.
»Was schert uns das?« fragt verwundert Kilgas. »Wir haben im Kraftwerk schon alles so vorgefunden. Sollte man es abreißen?«
Auch wieder wahr. Die Finger in den dünnen Handschuhen sind steif geworden, man spürt sie überhaupt nicht mehr. Der linke Filzstiefel hält. Das ist die Hauptsache. Die Hände tauen bei der Arbeit schon wieder auf. Sie schreiten durch den unberührten Schnee und gelangen auf die Schlittenspur, die vom Werkzeugschuppen zum Kraftwerk führt. Vermutlich war hier Zement gefahren worden.
Das Kraftwerk steht auf einem Hügel, dahinter hört die Außenzone auf. Lange ist niemand mehr hier gewesen, alle Zugangswege zum Kraftwerk sind gleichmäßig mit Schnee bedeckt. Um so deutlicher zeichnen sich die Schlittenspuren und der frische Pfad ab, die tiefen Spuren, die unsere Leute hinterlassen haben. Sie legen bereits mit Holzschaufeln den Platz um das Kraftwerk frei und bahnen einen Weg für den Lastwagen.
Hätte der kleine Aufzug wenigstens funktioniert. Aber der Motor ist verschmort und offenbar nicht repariert worden. Das heißt also wieder, alles selber ins erste Stockwerk hinaufschleppen. Den Mörtel. Die Blocksteine.
Das Kraftwerk hat zwei Monate wie ein graues Skelett verlassen im

Schnee gestanden. Nun kommt die Hundertvierte. Woran sollen sich ihre Leute halten? Die leeren Bäuche sind mit Segeltuchgürteln zusammengeschnürt; es herrscht klirrender Frost, nirgends eine Gelegenheit, sich zu wärmen, kein Fünkchen Feuer.
Aber trotzdem kommt die Hundertvierte, und das Leben beginnt von neuem. Gleich am Eingang zum Maschinensaal bricht die Mörtelpfanne auseinander. Sie war schon altersschwach gewesen, und Schuchow hätte nicht geglaubt, daß sie die Pfanne überhaupt noch heil herbringen würden. Der Brigadier stößt ordnungshalber einige Flüche aus, aber er sieht, daß keinen die Schuld trifft. Da kommen Kilgas und Schuchow und tragen die Dachpappe zwischen sich. Der Brigadier freut sich und nimmt sofort eine Neuverteilung vor: Schuchow soll das Ofenrohr in Ordnung bringen; Kilgas hat die Mörtelpfanne zu reparieren und bekommt zwei Esten zur Hilfe, und Senka Klewschin erhält die Axt, um lange Latten zurechtzuzimmern, woran die Pappe genagelt werden kann, denn sie ist nur halb so breit wie das Fenster. Woher aber die Latten nehmen? Für einen Wärmeraum stellt der Bauführer keine Bretter zur Verfügung. Der Brigadier blickt sich um, und alle andern tun es auch. Es gibt nur einen Ausweg, man muß einige Bretter losschlagen, die an der Trittleiter in den ersten Stock als Geländer angebracht sind. Beim Gehen darf man halt nicht pennen, dann fällt man auch nicht hinunter. Was soll man sonst auch tun?
Warum soll eigentlich ein Sträfling zehn Jahre lang im Lager seinen Buckel krummarbeiten? Ich will nicht, und damit basta. Man muß die Arbeit über den Tag bis zum Abend in die Länge ziehen, dann gehört einem wenigstens die Nacht.
Aber diese Rechnung geht nicht auf. Dafür hat man sich die Brigade ausgedacht. Natürlich nicht eine solche Brigade wie außerhalb des Lagers, wo Iwan Iwanytsch einen anderen Lohn bekommt als Pjotr Petrowitsch. Die Lagerbrigade ist nicht etwa dazu da, daß die Lagerleitung die Sträflinge, sondern daß ein Sträfling den andern an-

treibt. Hier gibt es nur eins, entweder es arbeiten alle zusätzlich, oder alle können krepieren. Du arbeitest nicht, du Stinktier? Soll ich etwa deinetwegen hungern? Nein, schufte, du Lump!

Und wenn dann noch ein solcher Augenblick kommt wie jetzt, dann darf man schon gar nicht müßig dasitzen. Ob du willst oder nicht, du mußt springen, laufen und dich regen. Wenn wir innerhalb von zwei Stunden keinen Wärmeraum für uns einrichten, dann werden wir hier alle vor die Hunde gehen.

Pawlo hat schon Werkzeug gebracht, such's dir nur aus. Auch einige Rohre. Es sind zwar keine Klempnerwerkzeuge, aber ein kleinerer Schlosserhammer und ein kleines Beil sind dabei. Es wird schon gehen.

Schuchow schlägt die Fäustlinge aneinander, fügt die Rohre ineinander und klopft sie in den Fugen zusammen. Er klatscht abwechselnd in die Hände und klopft Rohre zusammen (er hat seine Kelle hier in der Nähe wieder versteckt. Selbst die eigenen Leute aus der Brigade könnten sie vertauschen. Sogar Kilgas.)

Alle Gedanken sind plötzlich wie ausgelöscht. Schuchow überlegt nur noch, wie er die Knierohre zusammensetzen und anbringen soll, damit es nicht raucht. Er schickte Goptschik auf Drahtsuche aus, damit das Rohr am Fenster zum Ausgang hin aufgehängt werden kann.

In der Ecke steht noch ein niedriger Ofen mit einem gemauerten Abzug. Er hat obenauf eine Eisenplatte, die erhitzt werden kann. Darauf wird der Sand getaut und getrocknet. Diesen Ofen hat man schon angeheizt. Der Käpt'n und Fetjukow schleppen in Tragkästen den Sand herbei. Für diese Arbeit braucht man keinen Verstand zu besitzen. Deshalb kommandiert der Brigadier dazu auch ehemalige Vorgesetzte ab. Fetjukow scheint ein großer Direktor in irgendeinem Büro gewesen zu sein. Er ist Auto gefahren.

Fetjukow hat sich in den ersten Tagen dem Käpt'n gegenüber noch manches herausgenommen und ihn zuweilen angeschrien. Aber der Käpt'n hat ihm mal einen Kinnhaken verpaßt; danach war Ruhe.

Die Jungens drücken sich um den Ofen mit dem Sand, um sich zu wärmen, aber der Brigadier warnt sie:

»He, gleich werde ich euch einheizen! Macht zuerst die Einrichtung fertig!«

Einem geprügelten Hund brauchst du nur die Peitsche zu zeigen. Der Frost ist schon grimmig, aber der Brigadier ist noch viel grimmiger. Die Jungens machen sich wieder an die Arbeit. Schuchow aber hört, wie der Brigadier leise zu Pawlo sagt: »Du bleibst hier, halte Ordnung! Ich muß jetzt die Prozente festlegen gehen.«

Von den Prozenten hängt mehr ab als von der ganzen Arbeit. Wenn der Brigadier klug ist, dann legt er sich dafür ins Zeug. Davon fristen wir unser Dasein. Wenn etwas nicht getan wurde, beweise, daß es getan wurde. Wofür nur wenig gezahlt wird, mußt du so hinbiegen, daß du mehr dafür bekommst. Dafür muß der Brigadier schon einigen Grips mitbringen und es mit den Normierern gut können. Auch die Normierer müssen geschmiert werden.

Und wenn man es sich richtig überlegt – für wen sind denn diese Prozente da? Für das Lager. Das holt aus dem Bau einige zusätzliche Tausende heraus und schreibt seinen Leutnants Prämien gut. Diesem Wolkowoj da für seine Reitpeitsche. Du aber bekommst zweihundert Gramm mehr Brot am Abend, zweihundert Gramm, die dein Leben bestimmen.

Sie schleppten zwei Eimer Wasser herbei, das unterwegs zu Eis gefror. Pawlo sah ein, daß sich das nicht lohnt. Schneller könnten wir Wasser aus Schnee schmelzen. So stellten sie die Eimer auf das Öfchen.

Goptschik brachte neuen Aluminiumdraht angeschleppt, wie ihn die Elektriker zum Leitunglegen verwenden.

»Iwan Denissytsch! Da ist ein guter Draht für Löffel. Bringen Sie mir bei, wie man Löffel gießt?«

Iwan Denissytsch liebt diesen Goptschik, dieses Spitzbübchen (sein eigener Sohn war als Kind gestorben, und daheim hatte er nur noch zwei erwachsene Töchter). Sie haben Goptschik dafür eingesteckt, weil er den Bandera-Leuten Milch in den Wald brachte. Er hat dieselbe Haftzeit zugeteilt bekommen wie die Erwachsenen. Ein liebes Kälbchen ist er, immer freundlich zu allen Männern. Und raffiniert ist er! Seine Pakete ißt er immer allein auf, und kaut manchmal auch des Nachts. Man kann ja doch nicht alle füttern.

Sie brachen den Draht in Stücke für die Löffel und versteckten sie in einer Ecke. Schuchow schlug zwei Bretter leiterartig zusammen und schickte Goptschik los, das Rohr aufzuhängen. Leicht wie ein Eichhörnchen kletterte Goptschik die Sprossen empor, schlug einen Nagel ein, bog den Draht darum und hängte das Rohr auf. Schuchow war nicht faul gewesen und hatte das Rohr am Ende noch mit einem Knie nach oben versehen. Heute haben wir keinen Wind, kommt aber morgen welcher auf, dann wird der Rauch nicht hereinschlagen. Man muß das verstehen: Der Ofen ist ja für einen selber da.

Senka Klewschin hatte bereits die langen Latten fertig, Goptschik-Hopptschik mußte sie annageln. Der kleine Satan kraxelte hoch und brüllte von oben herab.

Die Sonne war höher geklettert, hatte den Dunst vertrieben, die Pfähle waren verschwunden – und die Scheibe erschien röter. Und hier war inzwischen Feuer im Ofen mit dem geklauten Holz gemacht worden. So war es gleich viel lustiger.

»Im Januar hat die liebe Sonne dem Kühchen die Flanken gewärmt«, erklärte Schuchow.

Kilgas hatte die Mörtelpfanne wieder zusammengenagelt, schlug nochmals mit dem Beil drauf und rief:

»Hör zu, Pawlo, für diese Arbeit muß ich vom Brigadier hundert Rubel bekommen, weniger nehme ich nicht!«

Pawlo lachte. »Hundert Gramm wirst du bekommen.«

»Der Staatsanwalt wird dir noch was drauflegen!« brüllte Goptschik von oben.
»Weg da! Laß die Finger davon!« schrie Schuchow. Sie hatten die Dachpappe falsch zu schneiden begonnen.
Er zeigte ihnen, wie man es machen mußte.
Um das blecherne Öfchen hatte sich viel Volk versammelt. Pawlo trieb sie auseinander. Kilgas bekam einen Gehilfen und den Befehl, Mörteltröge anzufertigen, damit man den Mörtel nach oben tragen konnte. Zum Sandschleppen wurden noch zusätzlich zwei Mann abkommandiert. Pawlo schickte sie nach oben, um die Arbeitsbühne und die Mauer vom Schnee freizufegen. Dann bestimmte er noch einen, der den erhitzten Sand von der Ofenplatte herunternehmen und in die Mörtelpfanne kippen sollte.
Draußen fauchte ein Motor los – sie fuhren die Blocksteine an. Pawlo rannte hinaus und fuchtelte mit den Armen, um anzuzeigen, wo die Blocksteine abgeladen werden sollten.
Inzwischen wurde der eine, dann der zweite Streifen Pappe aufgenagelt. Aber welchen Schutz bietet schon Pappe? Papier bleibt nun mal Papier. Und doch war eine Art durchgehende Wand zustandegekommen. Im dunklen Raum glühte der Ofen nur noch mehr.
Aljoscha hatte Kohlen gebracht. Die einen schrien ihm zu: »Pack drauf!«, die anderen: »Pack nicht drauf! Wir werden uns mit dem Holz erwärmen!« Er blieb stehen und wußte nun nicht, auf wen er hören sollte.
Fetjukow hatte sich beim Öfchen niedergelassen. Der Dämel rückte mit seinen Filzstiefeln ganz nahe ans Feuer. Der Käpt'n nahm ihn am Schlafittchen und stieß ihn auf die Tragkästen zu:
»Geh Sand schleppen, Dreckskerl!«
Der Käpt'n betrachtete die Lagerarbeit wie den Dienst in der Marine. Hat man einen Befehl erhalten, muß man ihn auch ausführen! Er ist im letzten Monat stark abgemagert, aber den Karren zieht er noch.

Kurz und gut, jetzt sind alle drei Fenster zugepappt. Nur durch die Türen kommt noch Licht herein, aber auch die Kälte. Pawlo ordnet an, den oberen Teil der Türen zu vernageln und den unteren Teil nur so weit offen zu lassen, daß man mit gebeugtem Kopf herein kann. Inzwischen haben drei Kipplaster die Blocksteine herbeigefahren und runtergekippt. Die nächste Aufgabe besteht darin, sie nach oben zu kriegen. Wie aber soll das ohne Aufzug gelingen?

»Maurer, los, wir gehn mal rauf!« fordert Pawlo sie auf. Ehrensache. Schuchow und Kilgas sind mit Pawlo nach oben gegangen. War die Leiter schon vorher schmal gewesen, so muß man sich jetzt, nachdem Senka das Geländer abgerissen hat, an die Wand drücken, um nicht runterzufallen. Hinzu kommt noch, daß der Schnee an den Tritten der Leiter festgefroren ist, sie rund gemacht hat, so daß der Fuß keinen Halt findet. Wie werden sie nur den Mörtel hinaufschaffen?

Sie blicken sich um, dahin, wo die Mauern errichtet werden sollen. Andere schieben schon den daraufliegenden Schnee mit Schaufeln hinunter. Aha, hier. Man wird von den alten Mauern das Eis mit dem Beilchen abschlagen und mit dem Reisigbesen wegfegen.

Sie rechnen sich aus, von wo aus die Blocksteine zugereicht werden sollen und schauen nach unten. Danach beschließen sie folgendes: Statt die Steine über die Leiter zu schleppen, sollen vier Mann sie von unten auf die Arbeitsbühne werfen; und hier werden sie zwei Mann weiterwerfen. In den ersten Stock kommen ebenfalls zwei Männer, die sie zureichen, und so wird die ganze Arbeit schneller vorangehen.

Der Wind oben ist nicht stark, aber es zieht. Durch und durch wird's ihnen gehen beim Mauern. Dann aber trittst du hinter das gemauerte Stück, versteckst dich, und es wird erträglich sein, ein wenig wärmer. Schuchow blickte zum Himmel empor. Ach, der klare Himmel, und die liebe Sonne schon bald im Scheitelpunkt des Mittags. Wunderbar, wie doch die Zeit beim Arbeiten vergeht! Wie viele Male wurde es Schuchow schon bewußt: Die Tage im Lager fliegen nur so dahin. Aber die Haftzeit selber scheint unverändert zu bleiben; sie nimmt überhaupt nicht ab.

Sie stiegen hinunter. Dort saßen alle schon am Ofen, nur der Käpt'n und Fetjukow schleppten noch Sand. Pawlo wurde wütend und jagte acht Männer auf einmal zu den Blocksteinen hinaus. Zweien befahl er, Zement in die Pfanne zu schütten und im trockenen Zustand mit Sand zu vermengen. Einen schickte er nach Wasser, einen zweiten nach Kohle. Und Kilgas sagte zu seinem Kommando: »Nun, Kinder, die Tragkübel müssen endlich fertig werden.«

»Vielleicht kann ich ihnen helfen?« Schuchow bittet Pawlo damit um Arbeit.

»Gut«, nickt Pawlo.

Eben wird ein Behälter gebracht, in dem der Schnee für den Mörtel aufgelöst werden soll. Sie hören von irgendwem, daß es schon zwölf Uhr sein soll.

»Es muß zwölf sein«, erklärt Schuchow, »denn die Sonne steht im Zenit.«

»Wenn sie im Zenit steht«, verkündet der Käpt'n, »dann ist es nicht zwölf Uhr, sondern eins.«

»Wieso denn?« staunt Schuchow. »Das wußten doch schon die Alten, daß die Sonne mittags am höchsten steht.«

»Die Alten wohl!« antwortete der Käpt'n barsch. »Seitdem ist aber eine Verordnung erlassen worden, wonach die Sonne um ein Uhr am höchsten zu stehen hat.«

»Wer hat diese Verordnung erlassen?«

»Die Sowjetmacht!«

Der Käpt'n ist mit den Tragkübeln hinausgegangen, und Schuchow will keinen Streit. Ist es wirklich so, daß die Sonne bereits ihren Verordnungen gehorcht?

Sie hämmerten und klopften noch etwas, und hatten schließlich vier kleine Mörteltröge zurechtgezimmert.

»Schon gut, setzen wir uns ein bißchen und wärmen wir uns auf«, sagte Pawlo zu beiden Maurern. »Und Du Senka, wirst nach dem Essen mit beim Mauern helfen. Setz Dich!«
Und sie kauerten sich rechtmäßig um den Ofen. Vor Mittag würde sowieso nicht mit dem Mauern begonnen, und den Mörtel jetzt schon anzurühren lohnte nicht: der gefror inzwischen. Die Kohlen strahlten jetzt eine gleichmäßige Hitze aus. Man spürte sie freilich nur in Ofennähe, im übrigen Raum herrschte eine Saukälte wie zuvor.
Sie zogen die Fäustlinge aus und bewegten alle vier ihre Hände vor dem Ofen hin und her.
Nur stelle beschuhte Füße nie zu nahe ans Feuer, daß muß man wissen! Das Leder wird leicht brüchig und platzt.
Filzstiefel werden feucht, fangen zu dampfen an, aber wärmer wird die davon nicht die Spur. Streckst du sie noch näher ans Feuer, fangen sie zu sengen an. Dann latscht du mit einem Loch bis zum Frühjahr herum, auf ein Paar andere mach dir keine Hoffnung!
»Was macht denn Schuchow da?« fädelt Kilgas ein Gespräch ein.
»Der Schuchow, Brüder, ist mit einem Fuß schon fast daheim.«
»Ja, mit dem nackten«, wirft jemand dazwischen. Sie lachen, Schuchow hat den linken, angesengten Filzstiefel abgestreift und hält die Fußlappen ans Feuer.
»Schuchows Haftzeit läuft ab.«
Kilgas selber hatte man 25 Jahre aufgebrummt. Die früheren hatten bei der Verurteilung mehr Glück: Sie wurden alle über einen Kamm geschoren und zu zehn Jahren verknackt. Aber ab 1949 wurden die Haftzeiten länger, alle erhielten unterschiedslos 25 Jahre. Zehn Jahre kann man auf irgendeine Weise noch durchstehen, aber 25 überleben?!
Schuchow tat es wohl, daß alle mit den Fingern auf ihn zeigten: Da, der hat seine Zeit bald um. Selber aber glaubte er nicht so recht daran.

Denn die, die im Krieg ihre Zeit um hatten, wurden alle zu »besonderer Verwendung« festgehalten, bis 1946. Wer drei Jahre zu sitzen hatte, mußte noch fünf Jahre über die Frist hinaus sitzen. So ein Gesetz ist dehnbar. Laufen die zehn Jahre ab, heißt es womöglich nochmals zehn oder Verbannung!
Wenn man daran denkt, könnte man überschnappen. Einmal läuft die Frist ja doch ab, wie im Film... Mein Gott! Wieder auf eigenen Füßen stehen? In Freiheit?
Laut durfte man das freilich als alter Lagerhase nicht sagen, das schickte sich nicht. Und Schuchow wandte sich zu Kilgas:
»Zähl deine 25 Jahre nicht! 25 Jahre absitzen, nicht wahr, das ist, als wollte man mit einer Gabel Wasser schöpfen! Ich habe jetzt volle acht Jahre auf dem Buckel, genau.«
So ist man auf dieser Erde wie ein Strohhalm.
Der Anklage zufolge saß Schuchow wegen Landesverrat. Er hatte das zugegeben und ausgesagt, daß er sich habe gefangennehmen lassen, um sein Land zu verraten, und daß er aus der Gefangenschaft zurückgekehrt sei, um einen Auftrag des deutschen Geheimdienstes auszuführen. Welcher Art dieser Auftrag gewesen war, dahinter konnte weder Schuchow noch der Untersuchungsrichter kommen. So blieb es einfach bei einem Auftrag.
Schuchows Überlegungen waren einfach: Unterschreibst du nicht, ist es dein Tod, unterschreibst du, dann lebst du noch ein paar Jährchen. Also unterschrieb er.
Tatsächlich aber war es so gewesen: Im Februar 1942 hatte man die ganze Armee an der Nordwestfront eingeschlossen, und von Flugzeugen wurde ihnen nichts zum Fressen heruntergeworfen; denn diese Flugzeuge gab es wohl gar nicht mehr. Es war so weit gekommen, daß man die Hufe der krepierten Pferde abschabte, dieses Hornzeug in Wasser aufweichte und verschlang. Zum Schießen war auch nichts mehr da. Und so jagten die Deutschen sie in Grüppchen durch die Wälder und fingen sie schließlich. Innerhalb einer

solchen Gruppe verbrachte Schuchow – immer noch in den Wäldern – einige Tage in Gefangenschaft, und dann flüchteten sie zu fünft. Sie versteckten sich in Wäldern und Sümpfen und landeten schließlich wie durch ein Wunder bei den eigenen Truppen. Ein MP-Schütze mäht zwei auf der Stelle nieder, der dritte starb an seiner Verwundung – den beiden übrigen gelang der Sprung. Vernünftiger wäre freilich gewesen, zu sagen, sie seien durch die Wälder geirrt – und alles wäre gut gegangen. Sie aber gaben offen zu: Aus deutscher Gefangenschaft, jawohl! Aus Gefangenschaft? Hurenpack! Wenn sie zu fünft gewesen wären, hätte man die Aussagen noch vergleichen können, hätte man ihnen geglaubt, aber zu zweit – unmöglich! Die Halunken haben sich über die Flucht abgesprochen!

Senka Klewschin hat wie aus weiter Ferne vernommen, daß von Flucht aus der Gefangenschaft die Rede ist, und sagte laut:

»Ich bin dreimal aus der Gefangenschaft getürmt. Und dreimal schnappte man mich wieder.«

Senka, der Dulder, versinkt immer mehr in Schweigen. Er hört die Menschen nicht und mischt sich in kein Gespräch ein. Deshalb weiß man auch wenig von ihm, nur, daß er in Buchenwald gesessen und dort einer Untergrundorganisation angehört hat, daß er Waffen für den Aufstand in die Lagerzone schmuggelte. Und daß die Deutschen ihn mit auf den Rücken gebundenen Händen aufhängten und mit Stöcken prügelten.

»Du, Wanja, hast acht Jahre gesessen. In welchen Lagern?« mischt sich Kilgas ein. – »In gewöhnlichen also, habt mit Weibern zusammengelebt. Keine Nummern getragen. Aber Sitz mal acht Jahre im Sonderlager! Das hat noch keiner überlebt!«

»Mit Weibern?!... Mit Walfischpocken, und nicht mit Weibern... Mit Holzklötzen also.

Schuchow starrt in die Ofenglut und erinnert sich an seine sieben Jahre im Norden. Wie er mit dem Holzschlepper drei Jahre Kanthölzer und Schwellenholz transportierte. Da war auch das Lagerfeuer in den Pausen beim Holzfällen, nicht am Tage freilich, sondern in der Nacht. Der Lagerkommandant hatte es zum Gesetz erhoben: Hat eine Brigade ihre Tagesnorm nicht erfüllt, dann bleibt sie nachts im Wald.

Und dann schleppt man sich um Mitternacht zum Lager hin, und morgens wieder in den Wald.

»Nein, Brüder, hier ist es ruhiger ...«, brummte er vor sich hin. »Hier ist der Feierabend Gesetz. Erfüllt oder nicht – ab ins Lager! Und die garantierte Norm ist hier um hundert Gramm höher. Hier kann man leben. Ein Sonderlager. Nun schön, aber stören dich vielleicht die Nummern? Sie wiegen nichts, diese Nummern.«

»Ruhiger!« zischte Fetjukow. Es geht auf die Mittagspause zu, und alle drängten sich um den Ofen. »Man schlachtet Menschen in den Betten ab! Ruhiger!«

»Nicht Menschen, sondern Spitzel«, Pawlo hebt den Finger und droht Fetjukow.

Und wirklich, im Lager begann etwas Neues. Zwei bekannte Spitzel fand man morgens abgemurkst auf ihren Pritschen. Und dann erwischte es noch einen Unschuldigen, dessen Platz man verwechselt hatte. Ein anderer Denunziant floh zur Lagerleitung ins Lagergefängnis, wo man ihn versteckte – im Betonbunker. Sonderbar ... Das hatte es in den gewöhnlichen nicht gegeben! Und auch hier war so etwas früher nicht vorgekommen.

Plötzlich heulte die Sirene des Energiezugs los. Nicht sofort mit voller Lautstärke, sondern anfangs etwas heiser, gurgelnd. Mittag – ab! Pause!

Schade, verpaßt! Es wäre längst Zeit gewesen, in den Eßraum zu gehen und anzustehen. Auf der Baustelle arbeiteten elf Brigaden, in den Eßraum aber gingen nicht mehr als zwei Brigaden rein. Der Brigadier ist immer noch nicht da. Pawlo überfliegt mit raschem Blick das Gelände und beschließt:

»Schuchow und Goptschik mit mir! Kilgas! Wenn ich Goptschik zu Ihnen schicke, dann sofort die Brigade rüberführen!«
Ihre Plätze nahmen gleich andre am Ofen ein, umstanden ihn wie ein Weibsbild, das sie umarmen wollten.
»Schluß mit dem Dösen!« schreien die Jungs. »Steckt euch eine an!« Einer blickt den anderen an, wer wohl rauchen wird. Aber keiner hat etwas zum Rauchen, entweder fehlt der Tabak, oder sie halten ihn zurück und wollen nicht damit rausrücken. Sie gehen mit Pawlo nach draußen. Goptschik hüpft hinterher.
»Es ist wärmer geworden«, stellt Schuchow fest. »Achtzehn Grad, nicht mehr. Es wird sich gut mauern lassen.« Sie sehen sich nach den Blocksteinen um. Die Jungen haben bereits viele von ihnen auf der Arbeitsbühne abgeladen, einige sogar schon auf die Decke zum ersten Stock gebracht.
Auch die Sonne überprüft Schuchow mit zusammengekniffenen Augen, wegen der Verordnung, von der der Käpt'n gesprochen hat. Auf dem offenen Gelände, wo der Wind freies Spiel hat, zwickt der Frost noch immer. Vergiß nicht, wir haben Januar.
Die Betriebsküche ist eine ganz kleine, erbärmliche Bretterbude, rund um den Ofen zusammengezimmert, ja sogar noch mit verrostetem Blech beschlagen, um die Ritzen abzudichten. Drinnen wird diese elende Hütte durch eine Wand in Küche und Eßraum unterteilt. Weder in der Küche noch im Eßraum sind Dielen gelegt. So wie man den Boden mit den Füßen festtrampelte, so ist er mit all den kleinen Höckern und Löchern geblieben. Und die Küche besteht nur aus einem viereckigen Ofen mit eingelassenem Kessel.
In dieser Küche regieren zwei Mann, der Koch und ein Sanitäter. Wenn sie morgens das Lager verlassen, nimmt der Koch in der großen Lagerküche die Graupen in Empfang. Für jeden etwa fünfzig Gramm, je Brigade ein Kilo, und die Arbeitskolonne erhält etwas weniger als ein Pud. Der Koch würde diesen Sack mit Graupen nicht drei Kilometer weit tragen, dazu hat er seinen Handlanger.

Ehe er sich selber den Buckel lahmschafft, läßt er lieber dem Handlanger eine Sonderportion auf Kosten der »Arbeiter« zukommen. Wasser holen, Holz tragen, Ofen anheizen, das alles tut der Koch nicht selber, das machen ebenfalls die »Arbeiter« und Hungerleider, und bekommen ihre Sonderportion; fremdes Gut zu verschenken, tut nicht weh. Ferner wurde angeordnet, daß das Essen nur im Eßraum verzehrt werden darf. Auch die Schüsseln müssen aus dem Lager hergeschleppt werden (auf der Baustelle kannst du sie nicht lassen, nachts werden sie von den Zivilisten geklaut), fünfzig Stück, nicht mehr, sie werden gleich hier abgewaschen und wieder benutzt, damit es schneller geht (der Schüsselträger erhält auch eine zusätzliche Portion). Damit die Schüsseln nicht aus dem Eßraum verschwinden, wird noch ein anderer Handlanger an der Tür postiert – kein Napf darf raus. Aber wie er auch aufpaßt, immer wieder verschwindet einer, sei es, daß er den Posten überredet oder ablenkt. So muß man für die gesamte Baustelle noch einen Mann losschicken, der diese schmutzigen Schüsseln einsammelt und wieder in die Küche bringt. Gib diesem eine Portion, gib jenem eine Portion.
Der Koch tut nur folgendes: Er schüttet die Graupen und das Salz in den Kessel, teilt das Fett zwischen dem Kessel und sich selber auf. Das gute Fett kriegen die »Arbeiter« erst gar nicht zu sehen, das schlechte aber kommt nur in den Kessel. Deshalb sehen es die Sträflinge lieber, wenn das Lager schlechtes Fett liefert. Dann rührt der Koch den Brei um, wenn er gar wird. Der Sanitäter aber macht nicht einmal dies, er sitzt da und guckt zu. Ist der Brei gekocht, gibt er sofort dem Sanitäter davon. Iß, bis du platzt! Und er selber schlägt sich auch den Bauch voll. Dann kommt der diensthabende Brigadier – sie wechseln jeden Tag – um eine Kostprobe zu nehmen, angeblich, um zu prüfen, ob man diesen Brei den »Arbeitern« vorsetzen könne. Eine doppelte Portion für den diensthabenden Brigadier.
Sodann ertönt die Sirene. Nun marschieren die Brigadiere der Reihe nach an, und der Koch reicht ihnen die Schüsseln durch den Essen-

schalter hinaus. In diesen Schüsseln ist der Boden hübsch mit Brei bedeckt. Wieviel dort von deinen Graupen dabei sind, wirst du weder erfahren noch kannst du es auswiegen. Machst du das Maul auf, dann stopfen sie es dir mit hundert Rettichen.

Über die nackte Steppe pfeift der Wind – im Sommer ein trockener, im Winter ein eisiger Wind. In dieser Steppe wächst ohnehin nichts, und im Bereich zwischen den vier Drähten erst recht nichts. Brot wächst hier nur dort, wo es geschnitten wird, und der Hafer nur in der Vorratskammer. Du kannst dir den Buckel lahmarbeiten oder auf dem Bauch kriechen, dem Boden wirst du hier nichts abringen. Du bekommst nicht mehr, als dir dein Kommandant zuteilt. Und das nicht einmal; denn erst kommen die Köche, dann ihre Handlanger, und dann die Kalfaktoren. Hier wird geklaut, in der Zone wird geklaut, und zuvor schon im Warenlager. Und alle, die klauen, machen keinen Finger krumm. Du aber schufte und nimm, was man dir gibt, und tritt zurück vom Schalter!

Hier gilt das Gesetz des Stärkeren.

Pawlo und Schuchow betreten mit Goptschik den Eßraum. Dort steht alles dicht an dicht, und hinter den vielen Rücken sieht man weder die schmalen Tische noch die Bänke. Manche essen sitzend, die meisten aber stehen. Die 82. Brigade, die ohne Wärmepause einen halben Tag lang Gruben ausgehoben hat, nimmt nach dem Sirenengeheul als erste die Plätze ein. Jetzt wird sie auch nicht aufstehen, wenn sie gegessen hat. Wo kann sie sich besser wärmen als hier. Die anderen schimpfen über die Brigade, aber sie hört und sieht nichts; hier ist es auch dann noch angenehmer als draußen im Frost.

Pawlo und Schuchow bahnen sich mit den Ellbogen einen Weg. Sie sind gerade recht gekommen, eine Brigade bekommt eben ihr Essen, und so kommt nur noch eine dran. Auch die Hilfsbrigadiere stehen am Schalter. Die anderen werden demnach hinter uns drankommen.

»Schüsseln! Schüsseln!« schreit der Koch durch den Schalter, und schon schieben sie ihm welche zu, auch Schuchow sammelt Schüsseln ein und schiebt sie durch, nicht wegen einer Extraportion Brei, sondern damit es schneller geht.

Jetzt waschen hinter der Trennwand die Handlanger die Schüsseln aus, wieder für einen Brei.

Der Hilfsbrigadier vor Pawlo hat eben seine Portion erhalten. Pawlo schreit über die Köpfe hinweg:

»Goptschik!«

»Hier!« kommt es von der Tür. Ein dünnes Stimmchen hat er, wie ein Zicklein.

»Hol die Brigade!«

Weg ist er.

Die Hauptsache ist, daß es heute einen guten Brei gibt. Der beste ist der Haferbrei. Aber den gibt es nicht oft; meist zweimal am Tage Fenchelhirse oder einen Mehlbrei. Auf dem Haferbrei schwimmen sättigende Fettaugen, darum ist er auch teuer.

Wieviel Hafer hat Schuchow in seiner Jugend an die Pferde verfüttert und niemals gedacht, daß er einmal aus ganzer Seele nach einer Handvoll dieses Hafers schmachten würde!

»Schüsseln! Schüsseln!« schreien sie aus dem Schalter.

Nun kommt auch die Hundertvierte an die Reihe. Der vordere Hilfsbrigadier erhält einen doppelten »Brigadiersschlag« in seinen Napf und tritt vom Schalter zurück.

Auch das geht auf Kosten der »Arbeiter«, aber es beklagt sich keiner. Jeder Brigadier erhält einen solchen Schlag, den er entweder selber ißt oder seinem Stellvertreter abtritt. Tjurin gibt ihn an Pawlo weiter.

Schuchow hat sich hinter den Tisch gezwängt, zwei Hungerleider weggejagt, einen »Arbeiter« im guten gebeten wegzugehen und einen Teil des Tischs für etwa zwölf Schüsseln gesäubert. Stellt man sie dicht nebeneinander, dann können sechs daraufgestellt werden und noch zwei obenauf. Jetzt heißt es von Pawlo die Schüsseln in

Empfang nehmen, mitzählen und aufpassen, daß kein Fremder einen Napf vom Tisch maust. Und daß niemand mit dem Ellbogen anstößt und sie umkippt. Nebenan kriechen auch einige aus der Bank, andere wieder hinein und essen. Immer die Grenze im Auge behalten. Essen sie aus ihren eigenen Schüsseln? Oder sind sie in unsere hineingeraten?

»Zwei! Vier! Sechs!« zählt der Koch hinter dem Schalter. Er reicht immer zwei Schüsseln mit beiden Händen auf einmal raus. So fällt es ihm leichter, denn wenn man einzeln rausgibt, kann man sich eher verzählen.

»Zwei, vier, sechs«, wiederholt Pawlo leise in den Schalter. Und reicht immer zwei Schüsseln an Schuchow weiter. Dieser stellt sie auf den Tisch. Schuchow wiederholt die Zahlen nicht laut, aber er zählt viel aufmerksamer als jene hinterm Schalter.

»Acht, zehn.«

Warum ist Goptschik mit der Brigade noch nicht hier?

»Zwölf, vierzehn«, wird weitergezählt.

In der Küche sind die Schüsseln ausgegangen. An Pawlos Kopf und Schulter vorbei sieht Schuchow, wie die beiden Hände des Kochs zwei Schüsseln in den Schalter stellen, diese festhalten und zögern. Möglicherweise hat er sich umgedreht und schimpft auf die Tellerwäscher. Da bekommt er einen Stapel leergewordener Schüsseln zum Schalter reingeschoben. Er nimmt die Hände von den unteren Schüsseln und gibt den Stapel leerer Schüsseln nach hinten weiter. Schuchow läßt den ganzen Berg Schüsseln am Tisch fahren, setzt über die Bank, zieht beide Schüsseln heran und wiederholt, nicht zum Koch, sondern zu Pawlo, mit leiser Stimme: »Vierzehn.«

»Halt! Wohin hast du sie gezerrt?« brüllt der Koch los.

»Es sind unsere«, bestätigt Pawlo.

»Selbst wenn es eure Schüsseln sind, darfst du mich nicht irremachen mit dem Zählen.«

»Vierzehn.« Pawlo zuckt die Achseln. Er selber würde keine Schüs-

seln mausen. Als Hilfsbrigadier muß er seine Autorität wahren. Trotzdem wiederholt er, was Schuchow gesagt hat, denn man kann ja alles auf ihn abschieben.
»Ich hatte schon ›vierzehn‹ gesagt!« brüllt der Koch.
»Na, wenn schon! Du hast sie aber nicht gegeben, sondern mit deinen Händen zurückgehalten!« lärmt Schuchow. »Glaubst's nicht, dann zähle! Da stehen sie alle auf dem Tisch!«
Schuchow schreit den Koch an, sieht die beiden Esten, die sich gerade zu ihm durchboxen, und schiebt ihnen im Vorbeigehen die beiden Schüsseln zu. Es gelingt ihm noch, zum Tisch zurückzukehren, festzustellen, daß alles an seinem Platz ist, und die Nachbarn nicht klauten, was sie leicht hätten tun können.
Im Schalter zeigt sich nun die rote Visage des Kochs in voller Größe.
»Wo sind die Schüsseln?« fragt er streng.
»Da, bitte!« schreit Schuchow. »Zur Seite, alter Freund, steh mir nicht im Weg!« Er versetzt jemand einen Stoß. »Hier, zwei!« Er nahm zwei Schüsseln vom Stapel und hob sie hoch.
»Und darunter drei Reihen zu vier, ganz genau, zähle!«
»Und die Brigade ist noch nicht hier?« Der Koch schaut mißtrauisch durch die kleine Öffnung, die ihm der Schalter freigibt, der deswegen so schmal ist, damit man aus dem Eßraum nicht zu ihm hineinblicken und sehen kann, wieviel noch im Kessel ist.
»Nein, die Brigade ist noch nicht da.« Pawlo schüttelt den Kopf.
»Zum Kuckuck, warum nehmt ihr dann die Schüsseln in Beschlag, wenn sie noch nicht da ist?« schreit der Koch wütend.
»Da! Da kommt schon die Brigade!« schreit Schuchow zurück.
Und alle hören den Käpt'n an der Tür rufen, wie von seiner Kommandobrücke:
»Weshalb klebt ihr hier auf einem Haufen? Habt ihr gegessen, dann raus! Macht den nächsten Platz!«
Der Koch brummte noch etwas vor sich hin, zog den Kopf ein, und wieder erschienen seine Hände im Schalter.

»Sechzehn, achtzehn...«

Und die letzte, doppelte Portion:

»Dreiundzwanzig. Schluß! Die nächste Brigade!«

Die Brigadeangehörigen begannen sich durchzuboxen. Pawlo reichte ihnen die Schüsseln zu, an den zweiten Tisch, manchen über die Köpfe der Sitzenden hinweg.

Im Sommer hätten auf jeder Bank fünf Mann Platz gehabt, da aber jetzt alle dick angezogen waren, hatten sie kaum zu viert Platz und konnten schlecht mit ihren Löffeln hantieren.

Schuchow rechnete damit, daß wenigstens eine der beiden gemausten Portionen für ihn abfallen würde, und machte sich geschwind an seine eigene Portion. Er zog das rechte Knie an und nahm aus dem Filzstiefelschaft seinen Löffel »Ust-Ishma 1944«, setzte die Mütze ab, klemmte sie unter die linke Achselhöhle und kratzte mit dem Löffel den Brei vom Schüsselrand herunter.

Dieser Augenblick gehörte nun ganz dem Essen; er mußte die dünne Breischicht vom Boden heraufholen, sorgfältig zum Mund führen und dort mit der Zunge umrühren. Aber er mußte sich beeilen, damit Pawlo sah, daß er schon fertig war, und ihm die zweite Portion hinüberreichte. Da stand aber schon Fetjukow, der mit den Esten zusammen gekommen war und gesehen hatte, wie sie zwei Portionen Brei beiseite geschafft hatten. Er stand Pawlo gerade gegenüber und aß stehend, wobei er auf die vier noch nicht verteilten Portionen der Brigade blickte. Damit wollte er Pawlo bedeuten, daß er ihm, wenn nicht gleich eine ganze, so doch mindestens eine halbe Portion geben könnte.

Der braungebrannte junge Pawlo aß jedoch seelenruhig seine doppelte Portion, und an seinem Gesicht war nicht abzulesen, ob er überhaupt bemerkte, wer vor ihm stand, und sich erinnerte, daß zwei überzählige Portionen vorhanden waren.

Schuchow hatte seinen Brei aufgegessen. Weil er aber seinen Magen auf zwei Portionen eingestellt hatte, wurde er von der einen nicht satt, wie es sonst nach Haferbrei der Fall war. Schuchow griff in die Innentasche und wickelte aus dem weißen Lappen sein noch nicht gefrorenes Stückchen Brotkurste und begann, alle Reste des dünnflüssigen Haferbreis vom Boden und den ausladenden Seitenwänden des Napfes damit auszuwischen. Was er ausgewischt hatte, das leckte er mit der Zunge von der Rinde herunter und wischte damit nochmals auf. Am Ende war sein Napf ganz sauber, wie ausgewaschen, nur ein wenig schmierig. Er reichte ihn über die Schulter dem Einsammler und blieb noch eine Weile ohne Mütze sitzen. Obwohl Schuchow die Schüsseln gestibitzt hatte, so war der Hilfsbrigadier immer noch ihr Herr.

Pawlo ließ sie noch ein wenig schmachten, bevor auch er seine Schüssel leer machte. Aber er leckte sie nicht aus. Er leckte nur den Löffel ab, steckte ihn weg und bekreuzigte sich. Dabei stieß er leicht – es war zu eng, sie hinüberzuschieben – an zwei von den vier übrigen Schüsseln, als wollte er sie damit Schuchow übergeben.

»Iwan Denissowitch, eine nehmen Sie, die kriegt Zesar.«

Schuchow erinnerte sich, daß man Zesar einen Napf ins Kontor bringen mußte (Zesar ließ sich weder hier noch im Lager dazu herab, in den Eßraum zu gehen). Das fiel ihm zwar ein, aber als Pawlo auf einmal zwei Schüsseln gestreift hatte, war ihm das Herz stehen geblieben. Gab Pawlo ihm vielleicht die beiden überzähligen Portionen? Aber gleich darauf schlug sein Herz wieder im gewohnten Rhythmus.

Und er bückte sich sogleich über seine rechtmäßige Beute und begann bedächtig zu essen, ohne zu fühlen, wie ihm die inzwischen eingetretenen Brigaden in den Rücken pufften. Er ärgerte sich nur darüber, daß Fetjukow vielleicht die zweite Schüssel erhalten würde. Fetjukow war immer ein Meister im Abluchsen, aber selten im Stibitzen, dazu fehlte ihm der Mut.

In ihrer Nähe saß Käpt'n Bujnowskij am Tisch. Längst hatte er seinen Brei runter und wußte nicht, daß die Brigade noch Portionen übrig hatte. Er schaute sich auch nicht um, wieviel der Hilfsbrigadier noch stehen hatte. Er hatte ganz einfach schlapp gemacht in der Wärme hier drinnen, und es fehlte ihm die Kraft aufzustehen, um in den Frost hinauszugehen oder in den kalten Wärmeraum, der doch nicht wärmte. Er blieb auf seinem Platz, der ihm nicht mehr zustand, und behinderte die neueintreffenden Brigaden, wie es die taten, die er selber noch fünf Minuten zuvor mit seiner metallisch klingenden Stimme vertrieben hatte. Er war noch nicht lange im Lager und bei der Zwangsarbeit. Solche Minuten wie eben waren (ohne daß er es ahnte) besonders wichtig für ihn, denn sie machten aus dem machtgewohnten, stimmgewaltigen Marineoffizier, der er gewesen war, einen schwerfälligen und umsichtigen Sträfling, der nur dank dieser Schwerfälligkeit die ihm aufgebrummten 25 Jahre würde überstehen können.

Die anderen schimpften bereits über ihn und versetzten ihm Rippenstöße, damit er den Platz räume.

Pawlo sagte: »Kapitän! He, Kapitän!«

Bujnowskji zuckte zusammen, als sei er eben erst aufgewacht, und schaute sich um.

Pawlo reichte ihm den Brei hin, ohne zu fragen, ob er noch eine Portion möchte.

Bujnowskijs Augenbrauen hoben sich, seine Augen starrten den Brei an, als sei's ein Wunder ohnegleichen.

»Los, nehmen, nehmen!« beruhigte ihn Pawlo und ging mit der letzten Schüssel Brei für den Brigadier weg.

Ein schuldbewußtes Lächeln weitete die rissigen Lippen des Kapitäns, der schon ganz Europa und die Große Straße des Nordens befahren hatte. Und er beugte sich glücklich über die knappe Kelle fettfreien, wässerigen Haferbreis – über Hafer und Wasser.

Fetjukow warf Schuchow und dem Kapitän einen wütenden Blick zu und ging.

Schuchow aber fand es richtig, daß der Kapitän die zweite Portion erhalten hatte. Der Kapitän würde schon lernen, wie man hier lebt, noch verstand er es nicht.

Schuchow hegte noch eine schwache Hoffnung – vielleicht wird ihm auch Zesar seinen Brei abtreten? Nein, doch wohl nicht, denn er hat schon seit zwei Wochen kein Paket mehr erhalten.

Nachdem er seinen zweiten Napf geleert hatte, wischte Schuchow genauso den Boden und den Schüsselrand mit der Brotrinde aus wie vorher und leckte jedesmal den Brei ab. Ganz zum Schluß aß er dann die Kruste auf. Danach nahm er Zesars abgekühlten Brei und ging.

»Ins Kontor!« wimmelte er den Handlanger an der Tür ab, der niemanden mit einer Schüssel rausließ.

Das Kontor bestand aus einem zusammengezimmerten Raum in der Nähe der Wache. Genau wie am Morgen stieg auch jetzt der Rauch in dicken Schwaden aus dem Schornstein. Geheizt wurde das Kontor vom Barackendienst, der auch Botendienste versah und den man wie einen Gelegenheitsarbeiter behandelte. Mit Spänen und Latten wurde fürs Kontor nicht gespart.

Schuchow quietschte zuerst mit der Windfangtür, dann mit einer zweiten, die mit Werg abgedichtet war. Ganze Schwaden frostigen Dunstes hineintragend, trat er ein und zog die Tür schnell hinter sich zu. Er beeilte sich, damit man ihn nicht anbrüllte: »He, du Trottel, mach die Tür zu!«

Die Hitze im Kontor erinnerte ihn an eine Sauna. Durch die Fenster, an denen das Eis taute, blickte die Sonne herein, – nicht mehr die bösartige auf dem Hügel des Kraftwerks, sondern eine freundliche. Auf den Sonnenstrahlen breitete sich der Rauch aus Zesars Pfeife wie Weihrauch in der Kirche aus. Und der Ofen war über und über rot, so hatten sie eingeheizt, diese Gipsköppe. Auch die Rohre glühten schon.

Bei solcher Hitze braucht man sich nur eine Sekunde hinzusetzen, gleich schläft man ein.

Das Kontor hat zwei Räume, der zweite gehört dem Bauführer. Die Tür ist nicht zugezogen, und von drinnen ertönt seine Stimme: »Unser Etat für Löhne und Baumaterialien ist überzogen. Aus den teuersten Brettern, ganz zu schweigen von den Holzplatten, machen eure Sträflinge Kleinholz und verheizen es in den Wärmeräumen. Ihr aber bemerkt nichts. Auch den Zement rund um das Warenlager haben die Sträflinge in diesen Tagen bei starkem Wind ausgeladen und noch zehn Meter weiter mit ihren Tragkästen geschleppt, so daß der ganze Platz rund um das Warenlager knöcheltief mit Zement bedeckt ist. Als die ›Arbeiter‹ fortgingen, waren sie nicht schwarz, sondern grau. Wie groß ist der Schwund?«

Demnach findet beim Bauführer eine Besprechung statt. Wahrscheinlich mit den Zehnergruppenführern.

Am Eingang sitzt in der Ecke der Barackendienst matt auf einem kleinen Schemel. Außerdem vorhanden: Schkuropatenko, B-219, eine krumme, lange Latte. Er glotzt aus dem Fenster und kontrolliert auch jetzt mit den Augen, ob ihm jemand seine Fertighäuser auseinandernimmt. Er seufzt nur, der Onkel.

Zwei Buchhalter, ebenfalls Sträflinge, rösten Brot auf dem Ofen. Damit es nicht verbrennt, haben sie ein kleines Drahtnetz gebastelt. Zesar raucht Pfeife und rekelt sich an seinem Tisch. Er sitzt mit dem Rücken zu Schuchow und sieht ihn nicht.

Ihm gegenüber sitzt Ch-123 über seinem Brei, ein sehniger Alter, zwanzig Jahre Zwangsarbeit.

»Nein, mein Lieber«, sagt Zesar sanft und mit absinkender Stimme. »Wir müssen objektiv sein und zugeben, daß Eisenstein genial ist. Oder ist sein ›Iwan der Schreckliche‹ etwa nicht genial? Der Tanz der Opritschniki mit den Masken! Die Szene in der Kathedrale!«

»Firlefanz!« ruft Ch-123 verärgert und hält eine Sekunde mit dem Löffel vor dem Munde inne. »So viel Kunst, daß es schon keine Kunst mehr ist. Pfeffer und Mohn statt tägliches Brot! und dann diese hundsföttische politische Idee: die Rechtfertigung der autokratischen Tyrannei. Die Verspottung des Andenkens an drei Generationen russischer Intelligenz!«

Er ißt seinen Brei, ohne etwas zu spüren, ohne rechte Anteilnahme.

»Welche andere Version hätte man aber durchgelassen?«

»Aha, durchgelassen?! Dann sprechen Sie aber nicht von Genie! Sagen Sie lieber, daß er ein Speichellecker ist und einen hündischen Auftrag ausgeführt hat. Genies passen ihre Darstellung niemals dem Geschmack von Tyrannen an!«

»Hm, hm«, räusperte sich Schuchow und geniert sich, das gebildete Gespräch zu unterbrechen. Und außerdem hat er hier nichts mehr zu suchen.

Zesar dreht sich um, streckt die Hand nach dem Brei aus, ohne Schuchow auch nur eines Blicks zu würdigen, als sei der Brei von allein durch die Luft herbeigeflogen, und beharrt auf seinem Standpunkt: »Aber hören Sie doch, Kunst ist nicht was, sondern wie!«

Ch-123 springt auf und fegt mit der Kante der Hand mehrere Male über den Tisch:

»Zum Teufel mit Ihrem ›wie‹, wenn es keine guten Gefühle in mir erweckt!«

Schuchow blieb noch so lange stehen, wie es ihm schicklich erschien, nachdem er den Brei abgegeben hatte. Er wartete, ob Zesar ihm nicht etwas zum Rauchen anbieten würde. Aber Zesar hatte ganz vergessen, daß er hinter seinem Rücken stand.

Und Schuchow machte kehrt und ging leise hinaus.

Es machte nichts. Draußen war es nicht sehr kalt. Heute würde es sich wohl mauern lassen.

Schuchow ging den Pfad entlang und sah im Schnee ein abgebrochenes Stückchen Sägeblatt, ein Stück von einer Lochsäge. Er hatte zwar keine besondere Verwendung dafür, aber man weiß nie, was man mal brauchen kann.

So hob er es auf und steckte es in seine Hosentasche. Auf dem Kraftwerk würde er es verstecken. Der Vorsorgliche ist besser dran als der

Reiche. Als er im Kraftwerk ankam, holte er vor allem seine Kelle aus dem Versteck und schob sie hinter seinen Gürtelstrick. Danach verschwand er im Mörtelraum.

Dort kam es ihm nach dem Sonnenschein draußen ganz dunkel vor und keinesfalls wärmer als im Freien. Nur feuchter. Sie drängten sich alle um das runde Öfchen, das Schuchow gesetzt hatte, und um das andere, auf dem der Sand trocknete und dampfte. Wer keinen Platz gefunden hatte, saß auf der Kante der Mörtelpfanne, der Brigadier dicht beim Ofen, seinen Brei essend, den ihm Pawlo aufgewärmt hatte.

Die Jungens tuscheln. Sie sind froher geworden. Iwan Denissytsch tuscheln sie auch was zu: Der Brigadier hat gute Prozente herausgeschlagen und ist gut gelaunt wiedergekehrt.

Was er als Arbeit anzusehen hat, das ist seine Aufgabe, darüber muß er sich als Brigadier den Kopf zerbrechen. Was haben sie heute Vormittag schon getan? Nichts. Das Aufstellen des Ofens wird nicht bezahlt, die Einrichtung des Wärmeraums auch nicht. Das haben sie ja für sich selber getan, nicht für die Produktion. Aber in den Tätigkeitsbericht muß etwas eingetragen werden. Vielleicht wird Zesar dem Brigadier dabei noch etwas unter die Arme greifen, der Brigadier behandelt ihn sehr zuvorkommend, umsonst tut er das nicht. »Was herausschlagen« heißt, daß es jetzt fünf Tage lang gute Rationen geben wird. Fünf oder nehmen wir lieber vier Tage an, denn von fünf Tagen kassiert die Lagerführung einen für sich als Nebenverdienst und setzt das ganze Lager, die besten und die schlechtesten, einheitlich auf die garantierte Norm. Als würde damit niemandem ein Leid zugefügt, da ja alle gleichgestellt werden. Dabei sparen sie es an unseren Bäuchen ein. Schon gut, der Magen eines Sträflings erträgt alles. Heute noch sosolala, morgen werden wir uns satt essen. Mit diesem Gedanken geht das Lager an dem Tage, an dem es die garantierte Norm erhält, schlafen.

Man bedenke – fünf Tage arbeiten wir, und vier Tage essen wir.

Die Brigade macht keinen Lärm. Wer etwas hat, raucht still. Sie haben sich im Dunkeln zusammengeschart und schauen aufs Feuer. Wie eine große Familie. Sie ist auch eine Familie, die Brigade. Sie hören zu, wie der Brigadier am Ofen zweien oder dreien etwas erzählt. Er geht sonst sehr sparsam mit Worten um; wenn er aber schon mal ins Erzählen kommt, heißt das, daß er gut gelaunt ist.

Andrej Prokofjitsch hat auch noch nicht gelernt, mit der Mütze auf dem Kopf zu essen. Ohne Mütze sieht sein Kopf bereits alt aus. Kurz geschoren wie die übrigen. Beim Schein des Ofens kann man erkennen, wieviele weiße Haare sich schon zwischen den grauen Haaren befinden.

»Ich habe schon vor dem Batailloner gezittert, aber erst vor dem Regimentskommandeur! ›Rotarmist Tjurin zur Stelle...‹ Er starrte mich unter seinen wilden Brauen hervor an: ›Wie heißt du, wie ist dein Vatersname?‹ Ich antwortete. ›Geburtsjahr?‹ Ich antwortete. Damals, 1930, war ich vielleicht zweiundzwanzig, ein Kalb noch. ›Nun, wem dienst du, Tjurin?‹ – ›Ich diene dem werktätigen Volk!‹ Da brauste er auf und schlug mit beiden Händen auf den Tisch – krach! ›Du dienst dem werktätigen Volk, und wer bist du in Wirklichkeit, du Schurke?‹ In mir kocht es!... Aber ich nehme mich zusammen: ›MG-Schütze eins, ausgezeichnet in der Kampfausbildung und in der politi...‹ – ›Was heißt hier eins, du Dreckskerl? Dein Vater ist Kulak! Da, eine Mitteilung aus Kamen! Dein Vater ist Kulak, und du bist untergetaucht. Man sucht dich schon zwei Jahre!‹ Ich erblaßte und schwieg. Ein Jahr lang habe ich keine Briefe nach Hause geschrieben, damit sie nicht drauf kommen. Ich wußte nicht, ob sie daheim noch leben und zu Hause wußte man nichts von mir. ›Hast du überhaupt ein Gewissen?‹ brüllte er, daß sich die Balken bogen. ›Betrügt die Arbeiter- und Bauernmacht!‹ – Ich dachte, jetzt schlägt er zu. Aber er ließ es bleiben. Er unterschrieb einen Befehl: in sechs Stunden fort von hier... Draußen aber war November. Die Winteruniform rissen sie mir herunter, ich bekam eine Sommeruniform, lauter gebrauchtes Zeug, schon dreimal getragen, und ein kurzes Mäntelchen. Ich kam mir vor wie ausgeleert, wußte nicht, daß ich die Sachen nicht hätte zurückgeben brauchen. Zum Teufel mit der ganzen Brut! Und dann mit der grausamen Bescheinigung in der Hand: ›Als Sohn eines Kulaken... aus dem Militär entlassen.‹ Mit einer solchen Bescheinigung gehe einer auf Arbeitssuche! Ich hatte vier Tage mit der Bahn zu fahren – Fahrkarte hatte man mir keine ausgestellt und nicht einmal für einen einzigen Tag Verpflegung mitgegeben. Gaben mir ein letztes Mittagessen, und schmissen mich aus der Kaserne raus.

1938 begegnete ich übrigens in Kotlas, in der Verbannung, meinem ehemaligen Zugführer. Ihm hatten sie auch zehn Jahre aufgebrummt. Von ihm erfuhr ich, daß der Regimentskommandeur und der Kommissar beide im Jahre 1937 erschossen wurden. Ohne Rücksicht darauf, ob sie Proletarier oder Kulaken waren. Ob sie Gewissen hatten oder nicht. Ich bekreuzigte mich und sagte: ›Doch bist du, Schöpfer, im Himmel. Deine Langmut ist groß und deine Strafe hart.‹«

Nach den zwei Schüsseln Brei wollte Schuchow für sein Leben gern eine rauchen. Nachdem er sich entschlossen hatte, bei dem Letten aus Baracke 7 zwei Gläser Eigenbau zu kaufen und später damit zu verrechnen, sagte er leise zu dem estnischen Fischer:

»Hör zu, Ejno. Leih mir bis morgen für eine Gedrehte. Ich werde dich nicht betrügen.«

Ejno blickte Schuchow gerade in die Augen. Dann wanderte sein Blick ganz langsam zu seinem Wahlbruder hinüber. Sie teilten alles, nicht einmal ein bißchen Tabak würde einer allein weggeben. Sie brummelten sich gegenseitig etwas zu, und Ejno zog einen mit rosa Schnur verzierten Beutel hervor. Ihm entnahm er eine Prise fabrikgeschnittenen Tabaks, legte sie Schuchow auf die Handfläche, prüfte abschätzend und legte noch einige Fäden dazu. Es reichte gerade für eine einzige Zigarette, nicht mehr.

Eine Zeitung hatte Schuchow selber. Davon riß er einen Fetzen ab, drehte sich eine Zigarette, hob das Stückchen Glut auf, das dem Brigadier zwischen die Füße gerollt war, und sog, sog! Den ganzen Körper erfaßte ein Schwindel. Er hatte kaum zu rauchen begonnen, da blitzten ihn über den ganzen Mörtelraum hinweg zwei grüne Augen an – Fetjukow. Vielleicht hätte er sich erbarmt und diesem Schakal etwas gegeben, aber Schuchow hatte gesehen, daß Fetjukow heute schon etwas ergattert hatte. Besser wäre, Senka Klewschin etwas davon übrigzulassen. Er hörte nicht auf das, was der Brigadier da erzählte, saß beim Feuer, der arme Kerl, und hielt den Kopf schief. Der Schein des Ofens fiel auf das pockennarbige Gesicht des Brigadiers, der wie unbeteiligt berichtete, als sei es nicht seine eigene Geschichte:

»Den Trödelkram, den ich hatte, verkloppte ich zu einem Viertel des Preises. Ich kaufte zwei Brote unter dem Ladentisch, denn es gab damals schon Lebensmittelkarten. Ich wollte mit dem Güterzug fahren, aber auch dagegen hatten sie schon strenge Gesetze erlassen. Wer sich noch erinnern kann, weiß, daß man damals auch gegen Geld keine Fahrkarten bekommen konnte, geschweige denn ohne, nur auf Dienstreiseheftchen. Auf den Bahnsteig konnte man auch nicht gelangen. In den Türen standen Milizleute, und zu beiden Seiten des Bahnhofes trieben sich Polizeispitzel auf den Geleisen herum. Die kalte Sonne versank, und die Pfützen begannen zu frieren. Wo sollte ich übernachten?... Ich kletterte auf eine glatte Steinmauer, schwang mich mit meinen Broten hinüber und verschwand in der Toilette auf dem Bahnsteig. Dort wartete ich, ob mir jemand folgte. Dann trat ich wie ein Passagier, wie ein Soldat heraus. Auf dem Gleis stand gerade der Zug ›Wladiwostok-Moskau‹. Alles drängelte sich nach heißem Wasser, die Leute schlugen sich die Teekessel gegenseitig auf die Köpfe. Ein Mädchen mit blauer Bluse und einem Zweiliterkessel dreht sich herum, hatte aber Angst, an den Boiler zu gehen. Sie hatte zierliche Füßchen, die könnten verbrüht oder zerquetscht werden. ›Da‹, sagte ich, ›halt meine Brote. Ich hole Wasser!‹ Ehe ich noch eingießen konnte, fährt der Zug an. Sie hielt meine Brote, weinte, fragte, was sie damit anfangen solle, und wollte am liebsten den Teekessel wegwerfen. ›Lauf‹, rief ich, ›Lauf! Ich komme nach!‹ Sie vorneweg – ich hinterher. Ich holte sie ein, half ihr mit einer Hand rauf und jagte dem Zug nach. Dann gelangte auch ich auf das Trittbrett. Der Schaffner klopfte mir nicht auf die Finger und stieß mich nicht in die Menge hinunter. Es fuhren noch andere Soldaten im Waggon, und er hielt mich für einen von ihnen.«

Schuchow stieß Senka in die Seite: Da, nimm, rauch zu Ende, armer Schlucker. Er reichte ihm die Zigarette in seinem hölzernen Mundstück rüber. Soll er daran saugen, macht nichts. Senka ist ein Sonderling. Wie ein Künstler legt er eine Hand aufs Herz und nickt mit dem Kopf. Was kannst du mehr von einem Tauben erwarten?

Der Brigadier erzählte weiter:

»Sechs Mädchen fuhren in einem geschlossenen Abteil. Es waren Leningrader Studentinnen, die von ihrem Praktikum heimfuhren. Auf dem Tischchen stand allerlei zum Futtern. Am Haken baumelten Mäntel hin und her, und die Köfferchen stecken in Überzügen. Sie fuhren am Leben vorbei, Signal auf Grünlicht ... Unterhielten sich, lachten, tranken Tee miteinander. Und fragten: ›Und Sie? Aus welchem Wagen kommen Sie?‹ Ich seufzte und vertraute mich ihnen an: ›Mädchen, ich komme aus einem Wagen, in dem die einen zum Leben, die anderen zum Sterben fahren ...‹«

Stille im Mörtelraum. Das Öfchen brennt.

»Sie klagten ›ach‹ und ›oh‹ und beratschlagten miteinander ... Dann deckten sie mich auf der dritten Pritsche mit ihren Mänteln zu und brachten mich so versteckt bis Nowosibirsk durch ... Nebenbei gesagt, einer von ihnen konnte ich mich später an der Petschora erkenntlich zeigen. Sie wurde 1935 in die Kirow-Sache verwickelt, wäre bei der Zwangsarbeit zugrunde gegangen, ich habe sie in der Schneiderei untergebracht.«

»Vielleicht sollte man den Mörtel anrühren?« fragte Pawlo den Brigadier im Flüsterton.
Der Brigadier hört ihn nicht.
»Ich kam nachts übers Feld nach Hause und ging nachts wieder weg. Packte mein kleines Brüderchen und fuhr mit ihm in wärmere Gegenden, in das Frunse-Gebiet. Zu essen hatten wir beide nichts. In Frunse saßen wüste Gesellen um einen Kessel herum, in dem Teer gekocht wurde. Ich setzte mich zu ihnen: ›Hört, ihr unbehosten Herren! Nehmt mein kleines Brüderchen zu euch in die Lehre und bringt ihm bei, wie man im Leben durchkommt!‹ Und sie nahmen ihn ... Ich bedaure, daß ich nicht selber bei diesen Gaunern geblieben bin ...«
»Und sind Sie Ihrem Bruder nie wieder begegnet?« fragte der Käpt'n. Tjurin gähnte.
»Nein, ich sah ihn nie wieder.« Er gähnte abermals und sagte:
»Nun, Kinder, seid nicht traurig! Wir werden uns auch hier im Kraftwerk einleben. Wer den Mörtel anzurühren hat, kann beginnen. Wartet nicht auf die Sirene.«
So ist sie, die Brigade. Der Kommandant kann die »Arbeiter« auch zur Arbeitszeit nicht in Bewegung bringen, der Brigadier aber kann selbst in der Pause sagen: »Ran an die Arbeit«, und dann wird sie getan. Weil er uns ernährt, der Brigadier. Umsonst zwingt er uns auch nicht.
Wenn beim Mörtelanrühren die Sirene ertönt, sollen die Maurer dann aufhören?
Schuchow seufzte und erhob sich.
»Ich gehe Eis hacken.«
Für das Eis nahm er ein kleines Beil und einen Besen mit und zum Mauern einen kleinen Maurerhammer, eine Latte, Schnur und ein Lot.
Der rotwangige Kilgas blickte Schuchow an, verzog sein Gesicht und dachte: Warum ist er noch vor dem Brigadier hinausgesprungen? Ja, Kilgas brauchte sich nicht den Kopf zu zerbrechen, wie man

die Brigade ernähren soll. Der Kahle kam auch mit zweihundert Gramm Brot und weniger aus, denn er konnte von seinen Paketen leben. Trotzdem begriff er und stand auf. Die Brigade durfte seinetwegen nicht warten.

»Warte, Wanja, ich komme auch mit!« schimpfte er.

Nicht wahr, Pausbacke, für dich selber würdest du arbeiten, wärst sogar früher aufgestanden, wie?

Schuchow hatte sich auch deshalb so beeilt, um das Lot noch vor Kilgas zu ergattern, denn es war das einzige im Werkzeugschuppen.

Pawlo fragte den Brigadier:

»Wird zu dritt gemauert, oder sollen wir noch einen abstellen? Vielleicht wird der Mörtel dann nicht ausreichen?«

Der Brigadier runzelte die Stirn und überlegte.

»Ich werde selber als vierter mitarbeiten. Pawlo, du bleibst hier beim Mörtel! Die Mörtelpfanne ist groß, nimm sechs Mann dazu. Das machst du so: drei sollen den fertigen Mörtel rausholen und drei frischen Mörtel anrühren. Daß ihr mir ja keine Minute Pause macht!«

»Ach!« Pawlo sprang auf. Er war noch ein junger Bursche. Frisches Blut, aufgepäppelt mit ukrainischen Mehlklößen und durchs Lager noch nicht geschlaucht. »Wollen Sie selber mauern, dann werde ich auch Mörtel anrühren! Wir wollen sehen, wer mehr schafft! Wo ist hier die größte Schaufel?«

Das also ist die Brigade! Pawlo hatte aus den Wäldern geschossen, nachts die Rayons überfallen, sollte hier lernen, den Rücken krumm zu machen! Aber für den Brigadier war das eine andere Sache!

Schuchow und Kilgas sind nach oben gegangen und hören, daß ihnen Senka über die knarrende Trittleiter nachkommt.

Der Taube hat erraten, worum es geht.

Im ersten Stock hat das Hochziehen der Mauern eben erst begonnen. Rundum drei Lagen hoch und da und dort etwas höher. Da geht das Mauern am besten, von den Knien bis zur Brusthöhe ohne Arbeitsbühne.

Die Bühne und die Böcke, die früher hier gestanden haben, wurden von den Sträflingen weggeschleppt. Zum Teil wurden sie zu anderen Gebäuden gebracht, zum Teil verheizt. Hauptsache, sie fallen keiner fremden Brigade in die Finger. Jetzt aber müssen wir wirtschaftlich denken und morgen schon Böcke zimmern, sonst kommen wir in Verzug.

Vom Kraftwerk kann man weit ins Land schauen: Die ganze Zone ringsum ist eingeschneit und leer. Die Sträflinge haben sich bis zum Sirenenpfiff verkrochen, um sich zu wärmen. Man sieht die schwarzen Wachttürme und die spitzen Pfähle mit dem Stacheldraht. Den Stacheldraht selber kann man nur im Sonnenlicht erkennen, sonst nicht. Die Sonne blendet so stark, daß man die Augen schließen muß. Und unweit sieht man noch den Energiezug. Der qualmt tüchtig zum Himmel! Jetzt kommt sein Keuchen. Dieses krankhafte Röcheln vernimmt man stets vor dem Sirenenton. Da heult er auch schon los. Viel haben sie noch nicht getan.

»He, du Stachanow! Mach schneller mit dem Lot!« treibt Kilgas an. »Schau nur auf deine Wand, wieviel Eis da noch dran ist! Ob du das wohl bis zum Abend noch runterkriegst? Hättest die Kelle gar nicht erst mitzunehmen brauchen«, gibt Schuchow spöttisch zurück. Sie wollen an derselben Mauer weiterarbeiten, die ihnen vormittags zugeteilt worden war. Da aber ruft der Brigadier von unten rauf: »He, Kinder! Damit der Mörtel in dem Mörteltrog nicht friert, werden wir zu zweit arbeiten. Schuchow, du nimmst Klewschin an deine Mauer, und ich werde mit Kilgas zusammenarbeiten. Zuvor aber wird Goptschik für mich mit Kilgas die Wand säubern.« Schuchow und Kilgas blicken sich an. Stimmt. Geht schneller.

Und sie packen ihre Beile.

Schuchow sah nun keinen Horizont mehr in der Ferne, wo die Sonne auf dem Schnee glitzerte, noch sah er die »Arbeiter« aus den Wärmeräumen heraustreten und sich über die Zone verteilen. Die einen, um an den Gruben weiterzubuddeln, mit denen sie vormittags nicht fertig geworden waren, die anderen, um die Bewehrung einzulegen, und dritte, um die Dachstühle der Werkstätten zu zimmern. Schuchow sah nur seine Wand, vom linken Ansatz, wo die Mauer stufenförmig bis über die Gürtelhöhe hochstieg, bis zur rechten Ecke, wo sein Mauerstück mit demjenigen von Kilgas zusammenstieß. Er hatte Senka gezeigt, wo er das Eis abhacken sollte, und hackte selber eifrig mal mit dem Beilrücken, mal mit der Schneide, daß die Splitter nach allen Seiten flogen, sogar ihm selber in die Schnauze. Diese Arbeit ging flott von der Hand; man brauchte dabei nicht viel zu denken. Und seine Gedanken und seine Augen ertasteten bereits unter dem Eis die zwei Blocksteine dicke Außen- beziehungsweise Fassadenwand des Kraftwerks. Diese Mauer hatte ein ihm unbekannter Maurer errichtet, der entweder nichts davon verstand oder gepfuscht hatte. Jetzt aber war sie Schuchow schon so vertraut, als sei es seine eigene. Da war beispielsweise eine eingefallene Stelle. Die konnte man nicht mit einer Schicht wieder ausgleichen, dazu würden mindestens drei Schichten nötig sein, wobei jedes Mal der Mörtel etwas dicker aufgetragen werden mußte. Dort wiederum sprang die Mauer bauchig vor, was man erst mit zwei Schichten ausgleichen konnte. Und Schuchow teilte die Wand durch eine unsichtbare Linie auf, bis wohin er von dem linken stufenartig ansteigenden Ansatz mauern und von wo ab Senka denn rechts bis zu Kilgas weitermachen würde. Dort, an der Ecke, überlegte er, durfte Kilgas nicht umhinkönnen, Senka ein wenig zu helfen, damit es ihm leichter falle. Und während die beiden an der Ecke herumstocherten, würde Schuchow etwas über die Hälfte seiner Wand aufarbeiten, damit sie beide nicht zurückblieben. Er berechnete, wieviele Blocksteine er brauchen würde. Kaum waren die Träger mit den Blöcken oben angelangt, da angelte er sich Aljoschka: »Hierher, zu mir! Leg sie hier hin! Und dort!«

Senka hackte noch an dem restlichen Eis, während Schuchow schon mit beiden Händen den Stahlbesen ergriff und damit auf der Wand

hin- und herschrubbte, um den Schnee von der obersten Schicht der Blocksteine und vor allem aus den Fugen zu entfernen, was ihm nicht ganz gelang, so daß noch ein leichter Schneebelag haftenblieb. Auch der Brigadier war nach oben geklettert, und während Schuchow noch mit dem Besen hantierte, hatte der Brigadier die Latte an der Ecke festgenagelt. Schuchow und Kilgas hatten das längst getan.
»He!« rief Pawlo von unten. »Ist eine lebende Seele oben? Nehmt den Mörtel in Empfang!«
Schuchow geriet ins Schwitzen. Die Schnur war noch nicht gezogen. Er begann zu hetzen und beschloß, die Schnur nicht nur für eine oder zwei, sondern gleich für drei Schichten im voraus zu ziehen. Um Senka die Arbeit zu erleichtern, würde er noch ein Stück von der Außenschicht mitmachen und ihm etwas von der Innenschicht lassen.
Während er in Augenhöhe seine Schnur zog, erklärte er Senka mit Worten und Zeichen, wo er mauern sollte. Der Taube verstand. Er biß sich auf die Lippen, verdrehte die Augen und nickte zur Wand des Brigadiers hinüber: Wollen wir uns dahinterklemmen? Wir werden nicht zurückstehen! Er lachte. Und da brachten sie auch schon den Mörtel die Leiter hoch. Vier Paare trugen den Mörtel. Der Brigadier hatte angeordnet, daß keine Mörteltröge bei den Maurern aufgestellt werden sollten, da der Mörtel sonst beim Umfüllen gefror. So stellten sie einfach die Tragkästen hin, für zwei Maurer je Wand. Damit die Träger da oben nicht unnütz froren, sollten sie währenddessen Blocksteine hochwerfen. Sobald ihre Tragkästen geleert waren, kam sofort Nachschub von unten, und die geleerten mußten nach unten gebracht werden. Dort mußte man auf dem Ofen den eingefrorenen Mörtel in den Tragkübeln auftauen und die Zeit nutzen, um sich selber zu erwärmen.
Sie brachten zwei Tragkübel auf einmal, einen für die Mauer von Kilgas und einen für Schuchows Mauer. Der Mörtel dampfte in der Kälte; denn es war noch ein bißchen Wärme in ihm. Wenn du den

Mörtel mit der Kelle auf die Mauer klatschst, dann darfst du nicht trödeln, sonst hängt er fest. Dann mußt du ihn mit dem Hammer abhauen, mit der Kelle schaffst du es nicht mehr. Und wenn du den Blockstein nicht ganz genau hinlegst, dann friert er so schräg, wie er liegt, an. Dann kannst du diesen Block nur noch mit dem Beilrücken herunterschlagen und den Mörtel abhacken.
Aber Schuchow läßt sich nicht irremachen. Die Blocksteine sind nicht alle gleich. Wenn bei einem eine Ecke fehlt, eine Kante beschädigt ist oder der Guß nicht eben geraten ist, merkt Schuchow das sofort und sieht auch, wie dieser Block liegen will und kennt genau die Stelle in der Mauer, die auf diesen Block wartet.
Mit der Kelle nimmt Schuchow den dampfenden Mörtel auf und wirft ihn auf eine Stelle, wobei er sich genau merkt, wie die darunterliegende Fuge verläuft. Er muß später den Blockstein genau mitten über diese Fuge setzen. Mörtel wirft er nur soviel an, wie unter einen Block geht. Und er greift sich einen Block aus dem Haufen heraus, faßt ihn sehr behutsam an, um die Handschuhe nicht zu zerreißen, denn die Blöcke können schmerzhafte Kratzer verursachen. Wenn der Mörtel mit der Kelle glattgestrichen ist, kommt – platsch! – ein Blockstein drauf. Und er muß sofort, wirklich sofort ausgerichtet werden, wenn er nicht so liegt, wie er sollte. Quillt jetzt noch an den Seiten Mörtel hervor, dann muß er mit der Kante der Kelle so schnell wie möglich abgekratzt und aus der Wand entfernt werden. Im Sommer wird er unter den nächsten Ziegelstein gelegt, daran ist aber jetzt nicht zu denken. Nochmal ein Blick auf die untere Fuge, denn es kommt vor, daß da kein ganzer, sondern ein abgebröckelter Block liegt, dann muß man mehr Mörtel drauftun, damit er von der linken Seite etwas dicker aufliegt. Den Block kann man nicht einfach darauflegen, sondern muß ihn von rechts nach links gleiten lassen, so daß er den überschüssigen Mörtel zwischen sich und dem links danebenliegenden Block rauspreßt. Ein Blick auf das Lot. Sitzt. Der nächste!

Wenn wir erst zwei Schichten gemauert und die alten Fehler ausgeglichen haben, dann wird es flotter gehen. Jetzt aber muß man die Augen aufhalten!

Und er jagt seine Schicht so schnell er kann Senka entgegen. Senka hat sich an der Ecke schon vom Brigadier getrennt und kommt auf Schuchow zu.

Schuchow winkt den Trägern zu: Schnell, Mörtel her, damit er zur Hand ist! Man hat keine Zeit, sich zu schneuzen.

Als Schuchow mit Senka zusammenstößt, beginnen sie aus einem gemeinsamen Kübel den Mörtel zu schöpfen – und schon müssen sie ihn auskratzen.

»Mörtel!« brüllt Schuchow über die Mauer. »Kommt schon!« schreit Pawlo.

Sie bringen einen Kübel. Er wird ausgeschöpft, soweit der Mörtel noch flüssig war. Denn schon bleibt er an den Wänden hängen – kratzt ihn selber los! Wenn er erst eine Kruste bildet, müßt ihr das ja rauf- und runterschleppen. Haut ab! Den nächsten!

Schuchow und die anderen Maurer spüren den Frost nicht mehr. Bei der schnellen und heftigen Arbeit überläuft sie die erste Hitzewelle, die einen unter der Wattejacke, unter der Weste, unter dem Ober- und Unterhemd schwitzen macht. Keine Sekunde halten sie inne. Nach einer Weile erfaßt eine zweite Hitzewelle den ganzen Körper, die den Schweiß wieder trocknen läßt. Auch die Füße werden nicht mehr kalt, das ist die Hauptsache.

Nicht einmal der leichte Wind, der dann und wann bläst, kann sie von der Arbeit ablenken. Nur Klewschin schlägt ein Bein gegen das andere. Der Unglücksrabe hat Schuhgröße sechsundvierzig, und man hat ihm Filzstiefel von verschiedenen Paaren verpaßt, die zu eng sind.

Von Zeit zu Zeit schreit der Brigadier: »Mö-ört-el her!« Auch Schuchow brüllt sein: »Mö-ört-el!« Wer seine Arbeit flink verrichtet, der wird für seinen Nachbarn auch so etwas wie ein Brigadier. Schuchow darf nicht hinter dem andern Paar zurückbleiben. Er würde jetzt auch seinen eigenen Bruder mit Tragkübeln über die Leiter jagen!

Bujnowskij hatte ab Mittag zunächst mit Fetjukow zusammen Mörtel getragen. Die Leiter war steil, und man konnte leicht abrutschen, so daß er anfangs nicht recht spurte und Schuchow ihn leicht antreiben mußte:

»Schneller, Käpt'n, mit den Blocksteinen!«

Der Käpt'n wurde mit jedem Tragkübel beweglicher, Fetjukow hingegen immer fauler. Der Hundsfott hielt den Kübel schräg beim Gehen und ließ den Mörtel rausschwappen, damit er leichter zu tragen hatte.

Schuchow versetzte ihm einen Rippenstoß:

»He, du Otterngezücht! Du warst doch Direktor – hast wohl deine Arbeiter kujoniert!«

»Brigadier!« rief der Käpt'n. »Laß mich mit einem Menschen zusammenarbeiten und nicht mehr mit diesem Schietkerl.«

Der Brigadier wies ihm einen anderen Platz an. Fetjukow mußte von unten Blocksteine auf die Arbeitsbühne werfen und war so aufgestellt, daß man genau zählen konnte, 'wieviele er hinaufwarf. Aljoschka wurde dem Käpt'n zugesteckt. Aljoschka ist ruhig, jeder kann ihn kommandieren.

»Alle Mann an Deck!« spornte ihn der Käpt'n an. »Siehst du, wie das Mauern läuft!«

Aljoschka lächelte nachgiebig:

»Kann noch schneller machen, wenn's sein muß. Sie brauchen es nur zu sagen.«

Der Demütige ist ein wahrer Schatz in der Brigade.

Der Brigadier ruft jemandem unten etwas zu. Ein weiterer Lastwagen mit Blocksteinen ist vorgefahren. Mal läßt sich ein halbes Jahr kein Wagen blicken, ein andermal kommen sie in rauhen Mengen. Man muß eben dann arbeiten, wenn sie Blocksteine anfahren.

Es darf keine Stockung geben, sonst kommt man nicht richtig in Schwung.
Der Brigadier schimpft nach unten. Es geht um den Aufzug. Schuchow würde gern wissen, was da los ist, aber er hat keine Zeit, er richtet die Mauer aus. Die Träger berichten, daß ein Monteur angekommen sei, um den Motor im Aufzug zu reparieren. Mit ihm ist der Elektrowart, ein Zivilist, erschienen. Der Monteur macht sich zu schaffen, und der Elektrowart schaut zu.
So muß es auch sein: Einer arbeitet, der andere schaut zu.
Würden sie den Aufzug gleich reparieren, könnte man die Blöcke damit transportieren, auch den Mörtel.
Schuchow hat schon seine dritte Schicht gemauert, Kilgas mit der dritten begonnen, da keucht über die Trittleiter ein Kontrolleur herauf, noch einer, der was zu sagen haben will – Derr, der Bauaufseher. Ein Moskauer. Soll in einem Ministerium gearbeitet haben. Schuchow steht dicht bei Kilgas und macht ihn auf Derr aufmerksam.
»Ach!« Kilgas winkt ab. »Ich habe mit der Leitung nichts zu tun. Nur wenn er von der Leiter runterfallen sollte, kannst du mich rufen.«
Jetzt wird er sich gleich hinter die Maurer stellen und zuschauen. Diese Kontrolleure hat Schuchow gefressen. Als Ingenieur gibt er sich aus, dieser Schweinerüssel! Einmal hat er vorgemacht, wie man Ziegelsteine zu mauern habe. Damals hatte Schuchow sich halbtot gelacht. Bei uns gilt das Gesetz: Bau ein Haus mit deinen eigenen Händen, dann erst bist du ein Ingenieur. In Temgenjowo gab es keine Steinhäuser, die Bauernhäuser waren aus Holz. Auch die Schule war aus Balken gezimmert. Sie hatten sechs Klafter Holz aus dem Hegewald geholt. Und im Lager brauchte man Maurer. So ist er jetzt ein Maurer. Wer mit seinen Händen zwei Arbeiten verrichten kann, der lernt auch die nächsten zehn dazu.
Nein, Derr flog nicht runter, er stolperte nur einmal. Er kam fast im Laufschritt nach oben.

»Tju-uurin!« brüllte er und die Augen traten ihm aus dem Kopf. »Tju-u-urin!«

Ihm nach folgte Pawlo auf der Leiter. Mit der Schaufel, seinem Arbeitsgerät.

Derr trug eine Wattejacke aus dem Lager, aber sie war ganz neu und sauber. Und eine prima Mütze aus Leder. Nur war eine Nummer drauf genauso wie bei allen, B-731.

»Was ist los?« Tjurin trat ihm mit der Kelle entgegen. Die Brigadiersmütze war ihm verrutscht und saß über dem Auge.

Etwas Unerhörtes! Das durfte man sich nicht entgehen lassen. Aber der Mörtel wurde kalt im Kübel. Schuchow mauerte eifrig und hörte zu.

»Was fällt dir ein?« schrie Derr geifernd. »Das riecht nicht nur nach Karzer! Das ist ein Kapitalverbrechen, Tjurin! Dafür bekommst du noch drei Jahre!«

Erst in diesem Augenblick dämmerte es bei Schuchow, worum es ging. Er blickte Kilgas an, und auch Kilgas hatte begriffen. Die Dachpappe! Er hatte die Dachpappe an den Fenstern entdeckt!

Schuchow fürchtete nicht für seine Person, der Brigadier würde ihn schon nicht verraten. Er fürchtete nur für den Brigadier. Für uns war der Brigadier ein Vater, für die anderen aber nur eine Marionettenfigur. Wegen einer solchen Sache waren sie durchaus imstande, dem Brigadier eine zweite Haftzeit im Norden anzuhängen.

Aber wie sich nun des Brigadiers Gesicht verzerrte! Wie er ihm die Kelle vor die Füße warf und mit einem Satz vor ihm stand! Derr schaute sich um, Pawlo holte mit der Schaufel aus.

Die Schaufel da! Diese Schaufel hatte er nicht umsonst ergriffen...

Auch Senka wußte ungeachtet seiner Taubheit Bescheid. Er stemmte seine Arme in die Hüften und ging auf ihn zu. Und er war gesund, dieser Waldschrat!

Derr blinzelte, wurde unruhig und schaute sich nach einer fünften

Ecke um. Der Brigadier beugte sich zu ihm hinunter und sagte ganz leise, aber für alle hier oben vernehmbar:

»Die Zeit ist vorbei, ihr Pestbeulen, wo ihr einem Haftzeiten zudiktieren konntet! Wenn du auch nur ein Wörtchen sagst, du Blutsauger, dann ist dein letztes Stündlein gekommen Denke daran!«

Und der Brigadier zitterte am ganzen Körper. Es schüttelte ihn so, daß er sich nicht beruhigen konnte.

Und Pawlo mit seinem scharfgeschnittenen Gesicht durchbohrte Derr mit seinem Blick.

»Na, na, na, Jungs!« Derr erblaßte und trat so weit wie möglich von der Leiter zurück.

Der Brigadier sagte nichts mehr, rückte seine Mütze zurecht, hob die verbogene Kelle auf und ging an seine Wand.

Auch Pawlo stieg langsam mit seiner Schaufel die Leiter hinunter. Ganz langsam ...

Derr hatte Angst, zu bleiben, aber er fürchtete sich auch, hinunterzugehen. Er trat hinter Kilgas und blieb dort stehen.

Kilgas aber mauerte. In der Apotheke werden so die Arzneimittel gewogen; der Provisor läßt sich durch nichts aus der Ruhe bringen. Kilgas kehrte Derr den Rücken zu, als sehe er ihn gar nicht. Derr schlich sich an den Brigadier heran. Wo war sein ganzer Hochmut geblieben?

»Was soll ich nur dem Bauführer sagen, Tjurin?«

Der Brigadier mauerte, wandte nicht mal den Kopf:

»Sag, es war schon so. Als wir kamen, war es schon so.«

Derr blieb noch eine Weile stehen. Er begriff, daß sie ihn jetzt nicht umbringen würden. Er ging leise auf und ab, die Hände in den Taschen vergraben.

»He, S-achthundertfünfundvierzig«, knurrte er. »Warum legst du den Mörtel so dünn auf?«

An irgendeinem mußte er sich abreagieren. Bei Schuchow konnte er weder an der Krümmung noch an den Fugen etwas aussetzen, so mußte eben die dünne Mörtelschicht herhalten.

»Gestatten sie mir eine Bemerkung«, säuselte Schuchow spöttisch; »was soll im Sommer werden, wenn ich jetzt den Mörtel dick auftrage? Dann wird dieses Kraftwerk zerfließen.«
»Du bist Maurer und hast dich an das zu halten, was man dir sagt.« Derr blähte seine Backen auf; eine Angewohnheit von ihm.
Nun, das ist Ansichtssache. Vielleicht ist der Mörtel auch wirklich zu dünn aufgetragen, man könnte ihn auch dicker anwerfen. Das kann man aber in einer menschlicheren Jahreszeit tun, nicht im Winter. Mitleid sollte man mit den Leuten haben. Die Arbeit mußte was einbringen. Aber was sollte man diesem Menschen viel erklären, der doch nichts begreifen würde?
Und Derr stieg leise die Leiter hinunter.
»Bring den Aufzug in Ordnung!« rief ihm der Brigadier noch nach. »Sind wir denn Packesel? Müssen hier die Blocksteine eigenhändig in den ersten Stock schleppen!«
»Den Aufzug werden sie dir schon bezahlen«, antwortete Derr von der Leiter her, aber ruhig.
»Vielleicht auf ›Schubkarren‹? Na dann nehmt mal einen Schubkarren und fahrt die Leiter damit hoch. Bezahlt lieber nach ›Tragkübelnd‹!«
»Bedaure, was geht das mich an? Die Buchhaltung hat ›Tragkübel‹ nicht vorgesehen.«
»Die Buchhaltung! Bei mir arbeitet die ganze Brigade, um vier Maurer zu bedienen. Wieviel kann ich da verdienen?« Während er ihm das zuschrie, mauerte der Brigadier ununterbrochen weiter. »Mö-ö-örtel!« ruft er hinunter.
»Mö-ö-rtel!« echote Schuchow. Mit der dritten Schicht war alles ausgeglichen, und mit der vierten ging's dann auf. Die Schnur müßte man eine Schicht höher ziehen, aber so geht es auch. Wir werden die Schicht auch ohne Schnur hinkriegen. Derr trabte über die Felder mit eingezogenem Schwanz. Ins Kontor, zum Wärmen. Er fühlte sich bestimmt unbehaglich. Hätte sich's vorher gut überlegen sollen,

bevor er mit einem Wolf wie Tjurin anbändelte. Mit solchen Brigadieren sollte man sich gutstellen, wo man ohnehin keine Sorgen hatte. Man verlangte von ihm nicht, daß er sich abschindete, erhielt eine hohe Ration und lebte in einem eigenen Raum – was wollte er mehr? Statt dessen aber plusterte er sich auf und machte sich wichtig.

Die Männer kamen von unten hoch und erzählten, daß sowohl der Elektrowart als auch der Monteur gegangen seien. Der Aufzug werde nicht repariert.

Das hieß: Packesele weiter!

So viele Betriebe Schuchow auch gesehen hatte, immer gingen die Maschinen entweder von allein kaputt, oder sie wurden von den Sträflingen kaputt gemacht. Die Balkenschleppe hatten sie auch zerbrochen. Steckten einen Keil in die Kette. Um auszuruhen.

»Blöcke! Blöcke!« schrie der Brigadier, da sie ihm ausgegangen waren. Und er teilte seine Flüche an diejenigen aus, die sie hochwarfen, und diejenigen, die sie herbeitrugen.

»Pawlo läßt fragen, was mit dem Mörtel geschehen soll«, wurde von unten hochgerufen.

»Anrühren natürlich!«

»Ein halber Kübel ist noch da!«

»Dann noch einen!«

Ein Hexenkessel! Sie hauen schon die fünfte Schicht hin. Eben noch gebückt die erste Schicht gemauert und jetzt schon auf Brusthöhe, schau hin! Wie sollten sie sich auch nicht beeilen, da noch keine Fenster, keine Türen drin sind, nur zwei glatte, verbundene Wände und Blocksteine in Hülle und Fülle. Die Schnur müßte gezogen werden, aber es ist schon spät.

»Die Zweiundachtzigste ist schon losgezogen, um die Werkzeuge abzuliefern«, berichtet Goptschik.

Der Brigadier blitzt ihn nur so an.

»Kümmre dich um deine Sachen, Rotznase! Schlepp Mauersteine!«

Schuchow schaut sich um. Stimmt. Die Sonne geht schon unter. Mit einem roten Schein und in eine Art silbergrauen Nebel gehüllt. Aber sie sind jetzt nicht aufzuhalten. Die fünfte Schicht war schon angefangen, und sie wird noch fertiggemacht und ausgerichtet.
Die Träger keuchen wie Pferde. Der Käpt'n ist noch grauer geworden. Er, der Käpt'n, wird wohl auch schon vierzig, vielleicht nicht ganz, jedenfalls so um die vierzig sein.
Die Kälte nimmt immer mehr zu. Zwar arbeiten die Hände, aber durch die dünnen Handschuhe hindurch zwickt es in die Finger. Auch durch den linken Filzstiefel dringt die Kälte. Trapp-trapp, stampft Schuchow, trapp-trapp.
Jetzt braucht man sich nicht mehr über die Mauer zu beugen, dafür aber muß man sich nach jedem Blockstein bücken, nach jeder Kelle Mörtel.
»Jungs! Jungs!« quengelt Schuchow. »Ihr könntet mir die Blocksteine auf die Mauer reichen!«
Der Käpt'n würde es gern tun, hat aber keine Kraft mehr. Er ist die Arbeit noch nicht gewöhnt. Aber Aljoschka sagt:
»Gut, Iwan Denissytsch. Wohin damit.«
Er kann nichts verweigern, dieser Aljoschka, worum man ihn auch bittet. Wären alle auf der Welt so, würde Schuchow auch so sein. Wenn ein Mensch bittet, warum sollte man ihm nicht helfen? Das steckt doch im Menschen drin.
Ober die ganze Zone bis hin zum Kraftwerk konnte man es deutlich hören: Es wurde an die Eisenschiene geschlagen. Feierabend! Er hatte sie überrascht! Jetzt legten sie sich nochmals tüchtig ins Zeug. Der Mörtel mußte verarbeitet werden.
»Mörtel her! Mörtel her!« schreit der Brigadier.
Und da steht schon der neue, frisch angerührte Kübel! Jetzt heißt es weitermauern, es bleibt keine andere Wahl. Wenn der Mörtel jetzt nicht aus dem Kübel kommt, kann man ihn morgen so wie er ist, fortwerfen. Er wird zu Stein.

»Jetzt nicht nachlassen, Brüder!« ruft Schuchow.
Kilgas wird böse. Er liebt es nicht, wenn man die Arbeit auf Hochtouren bringt. Dennoch hält er sich ran; was bleibt ihm auch anders übrig!
Von unten kommt Pawlo herauf, einen Kübel auf den Schultern, die Kelle in der Hand. Auch er macht sich ans Mauern. Nun mit fünf Kellen.
Jetzt müssen nur noch die Verbände fertig werden! Schuchow nimmt vorher Augenmaß, welchen Mauerstein er zum Verband verwenden will, und schiebt Aljoschka den Hammer zu:
»Da, hau zu!«
Schnelle Arbeit taugt nichts. Jetzt, da alle sich beeilen, hört Schuchow auf, zu hetzen, und achtet auf die Wand. Senka hat er nach links rübergeschubst und ist selber in die rechte, die wichtigste Ecke gegangen. Wenn jetzt die Wand zu hoch oder die Ecke verpatzt wird, dann ist alles vergebens, und morgen haben sie dann bis Mittag damit zu tun.
»Halt!« Schuchow stößt Pawlo vom Stein weg und rückt ihn selber zurecht. Von hier, von der Ecke aus mußt du peilen! Bei Senka entsteht so etwas wie eine Einbuchtung. Schuchow ist mit einem Satz bei ihm und gleicht sie mit zwei Mauersteinen aus. Der Käpt'n schleppt die Kübel wie ein williges Pferd.
»Noch zwei Kübel!« schreit er.
Dem Käpt'n versagen schon die Füße, aber er schleppt weiter. Solch ein Pferd hat Schuchow mal besessen. Er hat es immer gepflegt, aber dann verletzte es sich. Man mußte ihm das Fell abziehen.
Die Sonne ist mit ihrem oberen Rand hinter dem Horizont verschwunden. Jetzt sieht man auch ohne Goptschiks Zuruf, daß nicht nur alle Brigaden ihr Werkzeug bereits abgeliefert haben, sondern sich das ganze Volk wie eine Woge zur Wache wälzt. Gleich nach dem Läuten geht keiner raus. So dumm sind sie nicht, bloß um dort zu frieren. Sie bleiben alle in ihren Wärmeräumen sitzen. Aber dann

kommt der Augenblick, wo sich die Brigadiere verständigen und alle Brigaden auf einmal rausströmen. Würde keine Absprache getroffen werden, dann wären diese Sträflinge so bösartig stur, um einander im Sitzenbleiben zu übertrumpfen. Sie würden bis Mitternacht in den Wärmeräumen hocken bleiben.
Auch der Brigadier Tjurin besinnt sich. Er erkennt selber, daß er sehr spät dran ist. Der Werkzeugwart wird ihn sicherlich mit zehnfachen Flüchen eindecken.
»Ach«, schreit er, »um diesen Rest ist es nicht schade! Träger! Runtertragen, die Mörtelpfanne auskratzen, und was dann zusammenkommt, in dieses Loch da schleppen und mit Schnee zudecken, damit nichts zu sehen ist! Pawlo, du nimmst zwei Mann, sammelst das Werkzeug ein und bringst es weg. Ich werde dir mit Goptschik noch drei Kellen nachschicken. Diese letzten beiden Tragkübel wollen wir noch vermauern.«
Sie stürzen los, nehmen Schuchow den Hammer weg, binden die Schnur los. Alle, Träger und Werfer, laufen nach unten in den Mörtelraum. Hier haben sie nichts mehr zu tun. Oben bleiben nur die drei Maurer, Kilgas, Klewschin und Schuchow. Der Brigadier geht umher, prüft, wieviel sie gemauert haben, und ist zufrieden.
»Gut haben wir gemauert, was? Am Nachmittag. Ohne Aufzug.«
Schuchow sieht, daß bei Kilgas im Kübel noch etwas Mörtel übriggeblieben ist. Er befürchtet, daß sie den Brigadier wegen der Kellen im Werkzeugschuppen anschnauzen werden.
»Jungs, hört mal zu«, sagt Schuchow. »Gebt eure Kellen Goptschik. Meine Kelle ist nicht registriert, man braucht sie nicht abzugeben. Ich werde damit fertigmauern.«
Der Brigadier lacht.
»Wie soll man dich bloß freilassen? Ohne dich wird das Gefangenenlager weinen!«
Auch Schuchow lacht. Er mauert.
Kilgas hat die Kellen fortgeschafft. Senka reicht Schuchow die

Blocksteine hoch. Den Mörtel, den Kilgas hier im Kübel stehen hatte, haben sie verarbeitet.
Goptschik rennt quer über das ganze Feld zum Werkzeugschuppen, um Pawlo einzuholen. Die Hundertvierte stampft über das Gelände, ohne Brigadier. Der Brigadier ist eine Macht, aber das Begleitkommando ist eine noch viel größere. Wer zu spät kommt, wird aufgeschrieben und bekommt Bau.
An der Wache herrscht gefährlicher Andrang. Alle haben sich versammelt. Es sieht so aus, als sei auch die Begleitmannschaft rausgetreten. Es wird abgezählt.
Beim Abmarsch wird zweimal gezählt. Einmal bei geschlossenem Tor, um zu wissen, ob man es öffnen kann, und zum zweiten Mal, wenn sie das offene Tor passieren. Kommt der Eskorte etwas nicht geheuer vor, dann wird noch einmal hinterm Tor gezählt!
»Egal, was mit dem Mörtel geschieht!« winkt der Brigadier. »Wirf ihn über die Mauer!«
»Geh, Brigadier! Geh nur, du wirst dort mehr gebraucht!« Schuchow nennt ihn sonst Andrej Prokofjewitsch, aber durch seine Arbeit steht er jetzt auf einer Stufe mit dem Brigadier. Es ist nicht so, daß er denkt, er stehe mit ihm auf einer Stufe, sondern er spürt einfach, daß es so ist. Und er scherzt noch hinter dem Brigadier drein, der mit großen Schritten die Leiter hinuntersteigt. »Was, Halunken? Ist der Arbeitstag so kurz? Kaum macht man sich an die Arbeit, und schon ist Feierabend!«
Er bleibt mit dem Tauben allein zurück. Mit dem kannst du nicht viel reden. Außerdem gibt es nichts mit ihm zu bereden; er ist klüger als alle anderen und begreift ohne Worte.
Schwupp, den Mörtel! Schwupp, den Mauerstein! Angedrückt. Geprüft. Mörtel. Blockstein. Mörtel. Blockstein...
Der Brigadier hat zwar befohlen, mit dem Mörtel nicht zu sparen. Über die Mauer und weg damit. Aber Schuchow ist eben so ein Dussel, daß ihm jedes Ding und jede nicht getane Arbeit leid tut,

und er fürchtet, er könne etwas verderben. Auch nach acht Jahren Lager kann man ihm das nicht abgewöhnen.
Mörtel! Block! Mörtel! Block!
»Fertig. Verflucht!« schreit Senka: »Los!«
Er packt die Kübel und steigt die Trittleiter hinunter.
Und Schuchow – mag ihn das Begleitkommando jetzt auch mit Hunden hetzen – tritt noch einmal zurück und schaut sich um. In Ordnung. Jetzt läuft er zur Wand und schaut darüber hinweg. Von rechts, von links. Die Augen dienen als Wasserwaage! Gerade! Noch ist die Hand sicher. Er hetzt die Leiter hinunter.
Senka läuft schon aus dem Mörtelraum und setzt im Laufschritt über den Hügel.
»Los! Dalli!« Er dreht sich um.
»Lauf nur, ich komme schon!« Schuchow winkt ihm zu.
Und rennt in den Mörtelraum. Die Kelle kann man nicht einfach so hinwerfen. Vielleicht geht Schuchow morgen nicht aus dem Lager, oder die Brigade wird in die Sozkolonie geschickt. Kann auch sein, daß du im nächsten halben Jahr nicht mehr hierher kommt, und soll die Kelle dann verloren sein? Wenn schon, denn schon.
Im Mörtelraum sind alle Öfen aus. Es ist dunkel. Beängstigend. Nicht, weil es dunkel ist, sondern weil schon alle weg sind und er allein auf der Wache fehlt. Das setzt Prügel vom Begleitposten.
Trotzdem schaut er umher. In der Ecke entdeckt er einen großen Stein, räumt ihn beiseite, schiebt die Kelle dahinter und deckt sie zu. Alles in Ordnung!
Jetzt so schnell wie möglich Senka einholen. Dieser ist hundert Schritt vorgelaufen und dann stehengeblieben. Klewschin läßt einen nie im Stich. Wenn sie sich verantworten müssen, dann beide gemeinsam.
Sie laufen nebeneinander, der Kleine und der Große. Senka ist anderthalb Kopf größer als Schuchow, sein Kopf selber scheint auch zu groß geraten.

Es gibt Nichtstuer, die im Sportstadion freiwillig um die Wette laufen. So müßte man diese Teufel einmal jagen, nach einem vollen Arbeitstag, mit einem Rücken, der noch krumm ist, mit nassen Handschuhen, ausgetretenen Filzstiefeln, bei dieser Kälte!

Sie hetzen sich ab wie Hunde. Man hört nur ihr: Ch, ch! Ch, ch!

Schon gut, der Brigadier ist auf der Wache, er wird's schon erklären.

Sie laufen sdmurstracks auf den Menschenhaufen zu, schrecklich!

Aus hundert Kehlen ein Schrei: Gib's ihnen! Verflucht, verdammtes Hurenpack, verrecken sollen sie, die Dreckskerle! Wenn fünfhundert Mann Gift und Galle über einen spucken, ist es kein Vergnügen!

Hauptsache aber ist, was das Begleitkommando tun wird.

Die Eskorte tut nichts. Der Brigadier hat es ihr erklärt, das heißt, hat die Schuld auf sich genommen.

Und die Kerle johlen und fluchen! Sie gröhlen so, daß selbst Senka vieles davon mitbekommt. Er holt tief Luft, fängt von seiner Höhe herab an zu krakeelen! Sein Lebtag hielt er den Mund, jetzt aber bollert er los! Seine Fäuste fliegen hoch – gleich wird er dreinschlagen. Sie verstummen. Manche lachen.

»He, da! Hundertvierte! Der da von euch ist ja gar nicht taub«, schreien sie. »Wir haben ihn auf die Probe gestellt.«

Alle lachen. Auch die Begleitmannschaften. »Antreten in Fünferreihen!«

Das Tor bleibt geschlossen. Die Menge muß vom Tor zurücktreten. Alle kleben sie am Tor, wie Idioten, als würde es dann schneller gehen.

»In Fünferreihen a-antreten! Erste! Zweite! Dritte!... Wenn sie eine Fünfergruppe aufrufen, dann muß diese einige Meter vortreten.

Schuchow ist mittlerweile wieder zu Atem gekommen und schaut sich um. Väterchen Mond ist glutrot angelaufen und in voller Größe am Himmel aufgestiegen. Er fängt wohl gerade an abzunehmen. Gestern stand er um dieselbe Zeit viel höher.

Schuchow freut sich, daß alles glatt gegangen ist. Er versetzt dem Käpt'n einen Stoß in die Hüften und klopft auf den Busch: »Käpt'n, wie ist das mit eurem Wissen? Wohin verschwindet denn der alte Mond?«
»Wieso, wohin? Einfaltspinsel! Man sieht ihn einfach nicht!«
Schuchow schüttelt den Kopf, lacht:
»Und wenn man ihn nicht sieht? Woher weißt du dann, daß er da ist?«
»Glaubst du wirklich«, wundert sich der Käpt'n, »daß jeden Monat ein neuer Mond entsteht?«
»Was ist daran so sonderbar: Werden denn nicht jeden Tag neue Menschen geboren? Die Monde könnten doch auch alle vier Wochen neu entstehen.«
»Tfu!« spuckt der Käpt'n aus. »Ich bin noch keinem Matrosen begegnet, der so dumm gewesen wäre wie du. Wohin soll der alte Mond dann gehen?«
»Das frage ich dich ja gerade, wohin?« Schuchow bleckt die Zähne. »Nun, wohin?«
Schuchow seufzt und lispelt beinahe:
»Bei uns hieß es: Den alten Mond zerbröckelt der Herrgott zu Sternen!«
»Hinterwäldler!« Der Kapitän lacht. »So etwas habe ich noch nie gehört! Du glaubst also an Gott, Schuchow?«
»Was ist dabei?« fragt verwundert Schuchow. »Wenn er losdonnert – dann versuche mal, nicht an ihn zu glauben!«
»Und warum tut das der Herrgott?«
»Was?«
»Den Mond zu Sternen zerbröckeln. Warum?«
»Was gibt's da nicht zu verstehen?« Schuchow zuckt die Achseln. »Die Sterne fallen von Zeit zu Zeit runter, die muß man wieder ersetzen.«
»Antreten, ihr Hurenpack!« gröhlt der Begleitposten.

Jetzt sind sie an der Reihe. Die zwölfte Fünferreihe der fünften Hundertschaft rückt los. Bujnowskij und Schuchow als letzte. Das Begleitkommando gerät in Verwirrung, schiebt auf den Rechenbrettchen hin und her. Es stimmt nicht! Wieder stimmt etwas nicht bei ihnen. Wenn sie wenigstens rechnen könnten!
Sie haben vierhundertzweiundsechzig gezählt und müßten – erklären sie – vierhundertdreiundsechzig haben.
Wieder werden alle vom Tor zurückgestoßen. Sie hatten sich erneut rangedrängelt. Und abermals:
»A-antreten zu fünft! Erste! Zweite!«
Diese zweite Zählung ist um so verdrießlicher, weil die Zeit dafür nicht mehr von ihrer Arbeitszeit, sondern von ihrer Freizeit abgeht. Bevor du noch über die Steppe zum Lager kommst, mußt du vor dem Lager wieder zum Filzen anstehen! Jede Arbeitskolonne rennt im Galopp, gibt sich alle Mühe, die anderen zu überholen, um eher zum Filzen zu kommen und dadurch zeitiger ins Lager reinzuschlüpfen. Die Arbeitskolonne, die zuerst im Lager ankommt, ist jeweils fürstlich dran: Die Eßbaracke wartet auf sie, sie bekommt ihre Pakete zuerst, ist die erste im Magazin und in der Privatküche, die erste im Tagesraum zum Briefempfang oder bei der Zensur zur Briefabgabe, die erste im Krankenrevier, beim Friseur, der Sauna – überall ist sie die erste.
Es kommt schon mal vor, daß die Begleitkommandos uns eher entlassen, um selber schnell ins Lager zu kommen. Ein Soldat kann auch nicht spazierengehen, er hat viel zu tun und wenig Zeit dafür. Und jetzt geht ihre Rechnung wieder nicht auf.
Als sie die letzte Fünferreihe passieren ließen, schien es Schuchow, daß sie zum Schluß zu dritt seien. Aber nein, sie blieben wieder zu zweit.
Die Zähler hin zum Kommandoführer, mit ihren Rechentäfelchen. Sie überlegen. Der Komandoführer schreit: »Der Brigadier der Hundertvierten!«

Tjurin ist einen halben Schritt vorgetreten: »Hier.«
»Ist bei dir jemand am Kraftwerk zurückgeblieben? Denk nach!«
»Nein.«
»Überleg! Ich reiße dir den Kopf ab!«
»Nein, ich sage die Wahrheit.«
Und er blinzelt zu Pawlo rüber – ist da etwa jemand im Mörtelraum eingeschlafen?
»Nach Brigaden a-a-antreten!« schreit der Kommandoführer.
Sie hatten in Fünferreihen gestanden, alle durcheinander, wie es gerade kam. Jetzt fängt ein großes Geschiebe und Gelärme an. Hier wird geschrien »Sechsundsiebzigste – zu mir!«, dort »Dreizehnte! Hierher!« und dort »Zweiunddreißigste!« und weil die Hundertvierte ganz hinten steht, sammelt sie sich auch dort. Da sieht Schuchow: Die ganze Brigade ist mit leeren Händen gekommen, haben so lange gearbeitet, die Trottel, bis es zum Spänesammeln zu spät war. Bloß zwei hatten kleine Bündelchen.
Jeden Tag das gleiche Affentheater. Vor dem Abmarsch sammeln alle Späne, Stöckchen und Bruchschindeln, binden sie mit einer Schnur aus zusammengedrehten Lumpen oder einem mageren Bindfaden zusammen und nehmen sie mit. Erste Razzia an der Wache. Wenn da der Bauführer steht oder von den Zehnergruppenführern einer, dann befiehlt er gleich: »Alles fallen lassen!« Millionen haben die schon in den Schornstein gejagt, und jetzt wollen sie's mit den Spänen wieder wettmachen! Doch der »Arbeiter« hat seine eigene Rechnung. Wenn jeder von der Brigade nur ein paar Stöckchen mitbringt, wird's in der Baracke wärmer. Sonst teilen sie dem Barackendienst pro Öfchen je fünf Kilo Kohlenstaub zu, davon darf man keine Wärme erwarten. Deshalb sind sie auf den Dreh gekommen, die Stöckchen zu zerbrechen oder kürzer zu sägen und unter die Wattejacke zu stecken. So entrinnen sie dem Bauführer.
Die Begleitposten dagegen befehlen draußen auf der Baustelle nie,

das Holz hinzuwerfen. Denn die Begleitposten brauchen auch Holz, und selber tragen dürfen sie's nicht. Einmal schickt sich das nicht in Uniform, zum andern braucht jeder beide Hände für die Maschinenpistole, damit er auf uns schießen kann. Erst wenn das Begleitkommando uns zum Lager zurückbringt, kommt der Befehl: »Reihe soviel bis soviel das Holz hier hinwerfen.« Aber sie machen's gnädig, für die Lageraufseher muß was übrigbleiben und für die Häftlinge auch, sonst würden sie ja kein Holz mehr mitbringen.
Jeder Häftling nimmt Tag für Tag Holz mit, und nie weiß er, ob er's behält oder ob er's loswird. So ist die Lage.
Während Schuchow immer noch mit den Blicken den Boden nach Spänchen absucht, hat der Brigadier schon alle gezählt und dem Begleitkommandoführer gemeldet: »Hundertvierte vollzählig!«
Dann trennt sich Zesar von den Bürohengsten und schlendert zu seinen eigenen Leuten hinüber. Er pafft seine Pfeife, daß der Glutschein sein Gesicht erhellt; sein schwarzer Schnurrbart ist bereift. Er fragt:
»Na, Kapitän, wie geht's?«
Wer's warm hat, versteht den Frierenden nicht. Wie geht's, alberne Frage.
»Na, wie schon.« Der Kapitän zuckte mit den Achseln. »Den ganzen Tag geschuftet eben, kaum mal den Rücken gerade gekriegt.« Das will sagen, komm doch auf die gute Idee, mir eine Zigarette zu geben.
Zesar gibt ihm auch eine. Er hält sich in der Brigade nur an den Käpt'n, hat keinen andern, mit dem er sich ausspricht.
»In der Zweiunddreißigsten fehlt einer! In der Zweiunddreißigsten!« schreien plötzlich alle.
Der Hilfsbrigadier der Zweiunddreißigsten und noch ein Bursche spritzen los zur Autoreparaturwerkstatt, um zu suchen. Derweil geht es reihum: Wer? Was? Und dann hört es Schuchow, es fehlt der kleine braune Moldauer. Was denn nur für ein Moldauer? Doch

nicht der Moldauer, der, wie erzählt wurde, ein rumänischer Spion gewesen ist, ein richtiger Spion?
Spione gibt es in jeder Brigade fünf, aber das sind fabrizierte Spione, künstliche. In den Akten laufen sie als Spione, sind aber bloß Kriegsgefangene gewesen. Solch ein Spion ist Schuchow auch.
Aber der Moldauer ist ein richtiger.
Der Kommandoführer läuft dunkelrot an, als er auf die Liste blickt. Schließlich, wenn ein Spion türmt – was geschieht dann dem Begleitkommandoführer?
Den ganzen Haufen und auch Schuchow packt die Wut. Das Luder, das Aas, das Mistvieh, der Lump – was denkt der sich, dieser Scheißkerl? Der Himmel ist dunkel, der Mond, denk mal, gibt schon Licht, die Sterne sind draußen, es ist bald so kalt wie nachts – und diese Rotznase ist einfach nicht da! War ihm wohl nicht genug Arbeit, dem Schwein, was? Der Arbeitstag zu kurz, elf Stunden, vom Hellwerden bis zum Dunkelwerden? Der Staatsanwalt wird was draufpacken, wart's ab!
Und Schuchow wundert sich, wie jemand so arbeiten kann, daß er das Signal überhört.
Schuchow hat ganz vergessen, daß er selber eben noch so gearbeitet – und sich geärgert hat, daß sie sich so früh bei der Wache sammeln müssen. Jetzt fror er mit den andern und teilte den Grimm der andern. Sollte dieser Moldauer sie vielleicht noch eine halbe Stunde warten lassen und die Begleitmannschaft ihn dem Haufen ausliefern – sie würden ihn zerreißen wie Wölfe ein Kalb!
Jetzt wird es aber mit Macht kalt! Keiner steht still – alle trampeln auf der Stelle oder laufen zwei Schritt vor, zwei zurück.
Die Männer überlegen – sollte der Moldauer getürmt sein? Sollte er noch bei Tage getürmt sein, dann wars was anderes, aber hatte er sich versteckt und wartete darauf, daß sie die Posten von den Wachttürmen abzogen, dann konnte er lange warten. Wenn er unter dem Stacheldraht, wo er durchgekrochen war, keine Spuren hinterlassen

hatte, dann würden sie drei Tage lang die Zone durchkämmen und drei Tage lang auf den Wachttürmen sitzen. Und dauerte es eine Woche, es würde nichts ausmachen. So ist nun mal ihr Reglement, die alten Häftlinge wissen es. Überhaupt, wenn einer getürmt ist, dann ist für die Begleitposten das Leben kein Leben mehr, sie werden herumgehetzt ohne Schlaf und Essen. Und sind sie erst einmal in Rage, dann bringen sie den Flüchtigen auch nicht mehr lebend zurück.

Zesar redet auf den Kapitän ein:

»Zum Beispiel, wie der Zwicker in der Takelage hängenblieb, erinnern Sie sich?«*

»Mmm, ja...« – Der Kapitän schmaucht seinen Tabak. »Oder der Kinderwagen auf der Treppe – wie er rollt und rollt.«

»Ja... Aber das Seemannsleben ist dort etwas marionettenhaft dargestellt.«

»Sehen Sie, wir sind verwöhnt durch die moderne Aufnahmetechnik...«

»Und die Maden im Fleisch, dick wie Regenwürmer. Waren sie wirklich so dick?«

»Aber kleinere kann man ja mit filmischen Mitteln nicht darstellen!«

»Ich glaube, wenn unser Lager heute dieses Fleisch statt unser Fischzeug geliefert bekäme, dann würden sie's unbesehen in den Kessel schmeißen, und wir müßten dann...«

»A-a-ah!« brüllten die Häftlinge. »U-u-uhh!«

Sie sahen: Aus der Autowerkstatt stürmten drei Gestalten, also hatten sie den Moldauer.

»U-u-uhh!« johlte der Haufen beim Tor.

Und als sie näher heran waren, ging es los:

»Mi-i-iststü-ü-ück! Sa-au-ukerl! Halunke! Hund verdammter! Dreckskerl! Aas!«

* in dem Film »Panzerkreuzer Potemkin« (Die Übersetzer).

Und Schuchow schrie mit:
»Mi-i-iststück!«
Fünfhundert Mann über eine halbe Stunde gestohlen! Den Kopf eingezogen, lief er daher wie eine Maus.
»Halt!« brüllte der Begleitposten. Und notierte: »Kavierhundertsechzig. Wo warst du?«
Dabei kam er heran, den Gewehrkolben zum Schlag erhoben.
Im Haufen gröhlten immer noch einige:
»Lumpenhund! Schleimbeutel! Saustück!«
Aber die andern verstummten, als sie sahen, daß der Sergeant den Karabiner umdrehte.
Der Moldauer antwortete nicht, geduckt wich er vor dem Sergeanten zurück. Der Hilfsbrigadier der 32. Brigade trat vor:
»Er ist auf das Malergerüst raufgekrochen, der Hund, hat sich vor mir versteckt und da im Warmen gesessen und ist eingeschlafen.«
Und ein paarmal unters Kinn mit der Faust! Und ein paar vor die Brust!
Damit trieb er ihn von dem Sergeanten fort.
Der Moldauer taumelte rückwärts, da sprang der Ungar von der Zweiunddreißigsten vor und trat ihn unbarmherzig in den Hintern, unbarmherzig!
Das ist was andres als Spionieren. Spionieren kann jeder Dummkopf. Ein Spion hat ein feines sauberes Leben. Aber versuch mal, im Sonderlager zehn Jährchen Zwangsarbeit hinter dich zu bringen!
Der Begleitposten nahm den Karabiner wieder herunter.
Und der Kommandoführer brüllte:
»Zu-u-urück vom Tor! A-a-antreten zu fünft!«
Diese Hunde, nochmal zählen! Wo sowieso alles klar ist! Die Sträflinge murrten. Ihre ganze Wut übertrugen sie jetzt vom Moldauer auf das Begleitkommando. Sie murrten und wichen keinen Schritt vom Tor.
»He-e-eee!« schrie der Kommandoführer. »Soll ich euch in den

Schnee setzen? Gleich setz ich euch in den Schnee. Bis morgen früh laß ich euch da sitzen!«

Er war imstande und tat es. Es wäre nicht das erstemal.

Und es hatte sogar schon geheißen:

»Hinlegen! Feuer frei!«

Das alles war vorgekommen, das wußten die Sträflinge. Und sie fingen an, sich vom Tor zurückzuziehen.

»Zu-rück! Zu-rück!« trieb sie der Posten an.

»Was drängelt ihr euch denn auch so zum Tor da, ihr Biester?« riefen die hinteren den vorderen giftig zu. Und wichen unter dem Druck zurück.

»An-treten zu fünft! Erste! Zweite! Dritte!«

Jetzt schien der Mond bereits mit voller Kraft, ganz hell, der rötliche Schimmer war verschwunden. Er war schon um gut ein Viertel gestiegen. Der Abend ist hin...! Verdammter Moldauer. Verdammte Begleitmannschaft. Verdammtes Leben!

Die vorderen, die schon gezählt waren, drehten sich um, stellten sich auf die Zehenspitzen, um zu sehen, ob in der letzten Fünferreihe zwei oder drei übrigblieben. Davon hing jetzt das ganze Leben ab.

Schuchow schien es gerade, als würden in der letzten Fünferreihe vier übrigbleiben. Er erstarrte vor Schreck: einer zuviel! Nochmal zählen! Da zeigte sich, daß nur Fetjukow, der Schakal, dem Käpt'n den Zigarettenstummel abgeluchst und dann nicht aufgepaßt hatte, rechtzeitig in seine Fünferreihe zurückzutreten und nun herumstand wie einer zuviel.

Der stellvertretende Kommandoführer knallte ihm vor Wut eins an den Hals, dem Fetjukow.

Recht geschah ihm!

In der letzten Reihe standen drei Mann. Alles stimmte, Gott im Himmel sei Dank!

»Zu-rück vom Tor!« drängte der Posten wieder.

Aber diesmal knurrten die Sträflinge nicht, denn sie sahen, daß die Soldaten aus der Wache traten und den Platz jenseits des Tors absperrten.
Also würden sie sie rauslassen.
Von den freien Zehnergruppenführern war nichts zu sehen, vom Bauführer auch nicht, jeder trug sein Holz offen.
Das Tor schwang auf. Und gleich dahinter, an dem Balkengeländer, stand schon wieder der stellvertretende Begleitkommandoführer mit dem Kontrolleur.
»Erste! Zweite! Dritte ...!«
Wenn es jetzt wieder stimmte, würden sie die Posten von den Wachttürmen abziehen.
Und von den Wachttürmen da hinten bis hierher war ein ganz schönes Stück zu latschen! Wenn der letzte Sträfling aus der Arbeitszone raus war und beim Zählen alles gestimmt hatte, klingelte auf allen Wachttürmen das Telefon: Abrücken! Und war der Begleitkommandoführer nicht auf den Kopf gefallen, dann ließ er gleich abrücken, weil er wußte, daß der Sträfling sowieso nicht entkommen konnte und die Posten von den Wachttürmen die Kolonne schon einholten. War er ein Dummkopf, dann hatte er Angst, daß seine Leute nicht reichten gegen die Sträflinge, und wartete.
So ein Idiot war auch der heutige Kommandoführer. Er wartete.
Den ganzen Tag waren die Sträflinge bei der Saukälte draußen gewesen, fast zu Tode hatten sie sich gefroren. Und dann nach Feierabend noch eine volle Stunde frostklappernd rumstehen. Trotzdem schüttelte sie die Kälte nicht so sehr wie die Wut: Der Abend war futsch! Nichts konnten sie im Lager mehr unternehmen. »Woher sind Sie mit dem Alltag in der englischen Flotte so vertraut?« fragte jemand in der nächsten Fünferreihe. »Ja, sehen Sie, ich habe fast einen ganzen Monat auf einem englischen Kreuzer zugebracht, hatte dort eine eigene Kajüte. Ich fuhr in einem Geleitzug mit. War

Verbindungsoffizier. Und als der Krieg längst aus war, stellen Sie sich vor, schickt mir der englische Admiral – der Teufel muß ihn geritten haben – ein Geschenk zum Andenken. ›Zum Zeichen der Dankbarkeit.‹ Ich staune und fluche …! Und hier – alle auf einen Haufen … Mit Bandera-Leuten sitzt man zusammen – kein Vergnügen.«

Merkwürdig. Merkwürdig, wenn man sich so umschaut. Die kahle Steppe, die verlassene Arbeitszone, der glitzernde Schnee im Mondlicht. Die Begleitposten hatten sich schon aufgestellt, je zehn Schritt voneinander, die Waffe schußbereit. Die schwarze Herde dieser Sträflinge, und in genau so einer Wattejacke – Sch-311 – ein Mann, der ein Leben ohne goldene Achselstücke gar nicht kannte, der mit einem englischen Admiral gut Freund war und der jetzt mit Fetjukow Mörtelkübel schleppte.

So und so konnte es dem Menschen ergehen …

Na, jetzt war das Begleitkommando vollzählig. Ohne »Gebet« gings los:

»Vorwärts, marsch! Hopp, hopp!«

So seht ihr aus, ihr könnt uns jetzt mal – hopp, hopp!

Hinter allen andern Arbeitskolonnen sind wir zurück, also gar kein Grund zur Eile. Wie auf Verabredung hatten alle Sträflinge den gleichen Gedanken: Erst habt ihr uns festgehalten, jetzt halten wir euch fest. Ihr wollt ja doch wohl auch ins Warme …

»Schneller!« schrie der Kommandoführer. »Schneller, Flügelmann!«

Kannst uns mal – »schneller«! Die Sträflinge marschierten bedächtig, trübselig, wie auf einer Beerdigung. Wir haben nichts mehr zu verlieren, kommen doch als letzte im Lager an. Wollte er mit uns nicht menschlich umgehen, dann sollte er jetzt ruhig brüllen, bis er platzte.

Als der Kommandoführer noch ein paarmal »schneller!« gebrüllt hatte, sah er ein – die Sträflinge würden nicht schneller gehen. Schießen durfte er nicht: Sie marschierten in Fünferreihen, in einer

Kolonne, wie vorgeschrieben. Es stand nicht in seiner Macht, die Sträflinge zu schnellerem Marschieren anzutreiben. Morgens war das die einzige Rettung für die Sträflinge, daß sie langsam zur Arbeit marschierten. Wer schnell marschiert, der erlebt das Ende seiner Haftzeit nicht mehr – er schwitzt sich naß und liegt auf der Nase.
So marschierten sie hübsch gleichmäßig und abgemessen. Der Schnee knirschte unter ihren Tritten. Die einen unterhielten sich leise, die andern schwiegen. Schuchow grübelte – was hatte er doch heute morgen im Lager nicht mehr erledigt? Da fiels ihm ein – Krankenrevier! Sowas, hatte er doch beim Arbeiten das Revier total vergessen.
Gerade jetzt war Sprechstunde im Revier. Er könnte es noch schaffen, wenn er das Abendessen sausen ließ. Eigentlich fühlte er sich gar nicht mehr so kaputt. Temperatur würden sie auch nicht feststellen… Verlorene Zeit! Er kommt auch ohne die Ärzte wieder hoch. Diese Ärzte kurieren einen doch bloß in die Jacke aus Holz hinein. Das Revier lockte ihn nicht mehr – aber wie könnte er die Abendmahlzeit noch bereichern? Seine einzige Hoffnung war, daß Zesar heute sein längst fälliges Paket bekam.
Plötzlich war die Sträflingskolonne wie ausgewechselt. Sie geriet in Bewegung, fiel aus dem Gleichschritt, wogte, murrte, knurrte – die Fünferreihen am Ende, mit ihnen Schuchow, konnten mit den vorderen nicht mehr Schritt halten, fingen an zu rennen. Es ging ein paar Schritte, dann mußten sie wieder rennen.
Als das Ende der Kolonne den Hügel hinaufströmte, sah es Schuchow auch: Rechts von ihnen, weit in der Steppe draußen, hob sich schwarz eine andere Kolonne ab, sie kam schräg auf unsere zu, und jetzt mußten sie uns gesehen haben, denn sie stürmten auch los.
Das konnte nur die Kolonne von der Maschinenfabrik sein, rund dreihundert Mann stark. Auch sie hatten, schien es, Pech gehabt, waren festgehalten worden wie wir. Warum wohl? Gelegentlich wurden sie noch zum Arbeiten dabehalten, wenn sie mit der Repa-

ratur einer Maschine nicht fertig geworden waren. Die standen dabei nichts aus, sie waren den ganzen Tag im Warmen. Aber jetzt ging's um die Wurst. Sie rannten, die Kerle. Auch die Begleitposten waren in Trab gefallen, nur der Kommandoführer schrie immer wieder:
»Zusammenbleiben! Von hinten aufrücken! Aufrücken!« Aufs Maul sollte man dir eins hauen, was kläffst du uns an? Rücken wir vielleicht nicht auf?
Wer was gesagt, wer was gedacht hatte – alles war nun vergessen, nur ein Ziel hatte die Kolonne: Überholen! Abhängen!
Und so vermischte sich alles, Saures mit Süßem, so daß das Begleitkommando für die Sträflinge nicht mehr Feind war, sondern Freund. Der Feind aber war die andere Kolonne.
Alle hatten mit einem Mal wieder gute Laune, die Wut war verraucht.
»Los! Los!« brüllten die von hinten nach vorn.
Endlich erreichte Schuchows Kolonne die Straße, die von der Maschinenfabrik war hinter dem Wohnblock verschwunden. Blindlings hetzten sie weiter.
Jetzt hatte es Schuchows Kolonne leichter, mitten auf der glatten Straße. Und die Begleitposten rechts und links brauchten auch nicht mehr so aufzupassen, daß sie nicht stolperten. Hier mußten sie die anderen abhängen.
Außerdem mußten sie die Maschinenfabrikler auch deshalb abhängen, weil die an der Lagerwache besonders lange gefilzt wurden. Seit im Lager einigen die Kehle durchgeschnitten worden war, meinte die Lagerleitung, daß Messer in der Maschinenfabrik angefertigt und von dort ins Lager eingeschleust würden. Darum filzten sie die Maschinenfabrikler am Lagereingang besonders gründlich. Im Spätherbst, der Boden war schon gefroren, schrien sie sie an: »Schuhe aus, Maschinenfabrik! Schuhe in die Hand nehmen!« So wurden sie barfuß gefilzt.

Und jetzt, trotz Eiseskälte, pickten sie sich mal den einen, mal den andern raus:
»Los, zieh den rechten Filzstiefel aus! Und du da – den linken!«
Der Sträfling zog den Filzstiefel aus und mußte ihn, auf einem Bein herumhopsend, umkippen und den Fußlappen ausschütteln – in Ordnung, kein Messer.
Schuchow hatte gehört – er wußte nicht, ob's stimmte –, die Maschinenfabrikler hätten im Sommer mal zwei Volleyball-Pfosten mit ins Lager gebracht und in den Dingern lauter Messer versteckt. Zehn lange Messer in jedem. Sie fanden im Lager noch ab und zu eins, mal hier, mal da.
So ließen sie, halb im Laufschritt, den neuen Klub hinter sich, den Wohnblock, das Sägewerk – und stießen um die Ecke direkt zur Lagerwache vor.
»Hurraaa!« brüllte die Kolonne einstimmig.
Auf diese Wegkreuzung war's ihnen angekommen! Die Maschinenfabrikler kamen von rechts – hundertfünfzig Meter weit zurückliegend.
Nun, jetzt durften sie sich Zeit lassen. Die ganze Kolonne freute sich. Sie freuten sich wie die Hasen: Wenigstens die Frösche haben vor uns Angst.
Da – das Lager. Das gleiche Bild wie am Morgen: die Finsternis, die Lampen der Lagerzone über dem Bretterzaun und besonders dicht die Scheinwerfer vor der Wache, der ganze fürs Filzen bestimmte Platz war taghell.
Jedoch, noch bevor sie zur Wache gelangten...
»Halt!« schrie der stellvertretende Begleitkommandoführer. Übergab seine Maschinenpistole einem Soldaten und lief auf die Kolonne zu (mit der MP darf er nicht dicht heran), »Alle, die rechts stehen und Holz haben – Holz nach rechts werfen!«
Die außen standen, trugen ihr Holz offen, er konnte sie alle sehen. Ein Bündelchen, ein zweites flog nach rechts, ein drittes. Manche

wollten ihr Bündel nach links in die Kolonne weiterreichen, aber die Nebenmänner fauchten sie an:
»Damit sie's deinetwegen auch den andern wegnehmen! Wirf's nur schön hin!«
Wer ist der größte Feind des Häftlings? Der andere Häftling. Wenn die Häftlinge sich nicht untereinander in die Wolle kriegen würden – ja, dann ...!
»Marrrsch!« schrie der stellvertretende Kommandoführer.
Und sie marschierten zur Wache.
Bei der Wache liefen fünf Wege zusammen, eine Stunde früher hatten sich dort sämtliche Arbeitstrupps gestaut. Würde man aus allen diesen Wegen Straßen machen und mit Häusern bebauen, dann wäre die Stelle, wo die Wache stand und wo gefilzt wurde, einmal der Hauptplatz der künftigen Stadt. Und so, wie heute von allen Seiten die Arbeitskolonnen hierherströmten, würden sich dann die Demonstrationszüge hier treffen.
Die Aufseher waren schon zum Aufwärmen in der Wache. Sie kamen jetzt heraus, stellten sich quer über den Weg.
»Ja-a-acken aufknöpfen! Westen aufknöpfen!«
Und sie breiteten die Arme aus. Als ob sie einem beim Filzen umarmen wollten. Seiten abklopfen. Na, eben wie morgens auch.
Jetzt war das Aufknöpfen nicht schlimm, wir kommen ja nach Hause. So sagen sie alle: nach Hause.
An ein andres Zuhause zu denken haben sie den Tag über keine Zeit.
Die Spitze der Kolonne wurde schon gefilzt, als Schuchow an Zesar herantrat und sagte:
»Zesar Markowitsch! Ich sause von der Wache gleich zur Paketausgabe und stelle mich an.«
Zesar wandte Schuchow seinen lackschwarzen Schnurrbart zu, der aber jetzt unten weiß bereift war.
»Wozu wollen Sie sich anstellen, Iwan Denissytsch? Vielleicht ist das Paket gar nicht da.«

»Na, wenn's nicht da ist – davon habe ich doch keinen Schaden? Zehn Minuten werde ich warten, wenn Sie dann nicht gekommen sind, haue ich ab zur Baracke.«

Dabei dachte Schuchow: Wenn Zesar nicht kommt, dann vielleicht ein anderer, dem er den Platz in der Schlange verkaufen kann.

Offenbar konnte Zesar es kaum noch erwarten, sein Paket zu bekommen:

»Na schön, Iwan Denissytsch, lauf hin, stell dich an. Warte zehn Minuten, länger nicht.«

Das Filzen ging weiter, gleich war Schuchow dran. Heute hatte er nichts zu verbergen, er rückte also unbesorgt auf.

Knöpfte die Wattejacke auf, ohne Eile, lockerte auch die Weste unter dem Segeltuchgürtel.

Er war sich heute nicht bewußt, etwas Verbotenes bei sich zu haben, doch die Vorsicht von acht Jahren Lager war ihm zur Gewohnheit geworden. Er schob die Hand in die aufgesetzte Hosentasche, um sich nochmal zu vergewissern, daß sie leer war, obwohl er's doch wußte.

Aber da war das Stück Sägeblatt! Das er heute in der Arbeitszone gefunden und aus wirtschaftlichen Gründen eingesteckt hatte und das er keineswegs ins Lager hatte mitnehmen wollen. Er hatte es nicht ins Lager schmuggeln wollen, aber – da er's doch nun schon mal mitgenommen hatte – wäre es doch zu schade, es jetzt wegzuwerfen! Man konnte es doch zu einem kleinen Messerchen zurechtschleifen – zum Schuheflicken oder wenigstens zum Nähen!

Wenn er die Absicht gehabt hätte, es durchzuschmuggeln, dann hätte er sich auch vorher ein gutes Versteck dafür ausgedacht. Aber jetzt standen nur noch zwei Fünferreiben vor ihm, und die erste trat schon vor zur Kontrolle.

Jetzt mußte er handeln, schneller als der Wind: entweder, gedeckt durch die letzte Fünferreihe, das Ding in den Schnee werfen (da würden sie's später linden, aber nicht wissen, von wem es war) oder durchschmuggeln!

Für dieses Stück Sägeblatt würden sie ihm zehn Tage Arrest geben, wenn sie es als Messer ansahen.

Aber ein Messerchen zum Schuheflicken bedeutete Verdienst, bedeutete Brot!

Wäre doch ein Jammer, es wegzuwerfen.

Und Schuchow steckte es in einen seiner Wattefäustlinge.

Jetzt mußte die nächste Fünferreihe vortreten zum Filzen. Und im vollen Scheinwerferlicht blieben nur noch die drei letzten: Senka, Schuchow und der Bursche von der 32. Brigade, der mitgegangen war, den Moldauer zu holen.

Weil sie nur noch drei waren, aber fünf Aufseher vor ihnen standen, konnte Schuchow sich bequem aussuchen, auf welchen der beiden rechten er zugehen wollte. Er wählte nicht den rotbackigen, jungen, sondern den graubärtigen, alten. Der alte war natürlich erfahren und würde mit Leichtigkeit etwas finden, wenn er richtig suchte, aber weil er alt war, hatte er seinen Dienst sicher schon mehr satt.

Inzwischen hatte Schuchow beide Fäustlinge, den mit dem Stück Säge und den leeren, ausgezogen und so in eine Hand genommen, daß der leere nach vorn abstand, in die gleiche Hand nahm er auch noch den Gürtel. Er knöpfte die Weste ganz auf, hob die Enden der Wattejacke und der Weste entgegenkommend hoch (so zuvorkommend war er beim Filzen noch nie gewesen, aber jetzt wollte er zeigen, daß er nichts zu verbergen hatte – da, durchsuch mich!) – und ging nach dem Kommando auf den Graubärtigen zu.

Der graubärtige Aufseher klopfte Schuchow die Seiten und den Rücken ab, die Hosentasche beklopfte er von außen – nichts drin, er drückte die Enden von Jacke und Weste mit den Händen, auch nichts, und dann, er wollte schon ablassen, drückte er der Sicherheit halber noch Schuchows vorderen Handschuh zusammen – den leeren.

Der Aufseher preßte den Handschuh zusammen, und Schuchow preßte es innerlich wie mit Zangen. Noch ein solcher Druck um den zweiten Fäustling – und er siechte dahin im Arrest mit dreihundert Gramm Brot pro Tag und warmem Essen erst am dritten Tag. In Sekundenschnelle stellte er sich vor, wie er dort schwach werden und hungern würde und wie schwer es sein würde, den jetzigen zähen, halb hungrigen und halb satten Zustand wiederzuerlangen.

Und da sprach er im stillen ein inbrünstiges Stoßgebet:

»Gott im Himmel! Rette mich! Bewahre mich vor dem Arrest!«

Alle diese Gedanken durchzuckten ihn nur in dem kurzen Augenblick, als der Aufseher den ersten Fäustling zusammendrückte und nach dem zweiten, dem hinteren griff (er hätte sie gleichzeitig mit beiden Händen zusammengedrückt, wenn Schuchow sie nicht in einer Hand gehalten hätte). Aber da befahl der Führer des Kontrollkommandos, der schnell fertig werden wollte, der Begleitmannschaft:

»Los, jetzt die von der Maschinenfabrik!«

Und statt nach Schuchows zweitem Fäustling zu greifen, winkte der Aufseher ihm mit der Hand – geh durch. Vorbei.

Schuchow rannte, um die andern einzuholen. Sie standen schon in Fünferreihen zwischen den beiden langen Balkengeländern, die den Pferdebalken auf dem Markt glichen und sozusagen einen Pferch für die Kolonne bildeten. Das Laufen strengte ihn nicht an, er spürte den Boden nicht unter den Füßen, und er schickte kein zweites Gebet, kein Dankgebet, zum Himmel, weil er keine Zeit hatte und weil es auch nicht mehr nötig war.

Die Eskorte, die sie hergebracht hatte, war schon zur Seite getreten, um der Begleitmannschaft von den Maschinenfabriklern den Weg frei zu machen, und wartete nur noch auf ihren Führer. Das Holz, das ihre Kolonne vor dem Filzen hingeworfen hatte, sammelten die Begleitposten für sich selber auf, und das Holz, das die Aufseher ihnen beim Filzen abgenommen hatten, lag bei der Wache auf einem Haufen.

Der Mond stieg immer höher, und in der weißen, hellen Nacht wurde der Frost immer stärker.
Der Begleitkommandoführer sprach, während er zur Wache ging, um sich die Liste der vierhundertdreiundsechzig Mann wiedergeben zu lassen, kurz mit Prjacha, Wolkowojs Stellvertreter, und der schrie auf einmal:
»K-460!«
Der Moldauer, der sich mitten in der Kolonne versteckt hatte, seufzte tief und trat hinaus an den rechten Sperrbalken. Immer noch hatte er den Kopf eingezogen.
»Hierher!« befahl Prjacha und zeigte auf eine Stelle außerhalb der Pferdebalken.
Der Moldauer ging darum herum. Und es wurde ihm befohlen, die Hände auf dem Rücken zu halten und dort stehenzubleiben. Also würden sie ihm Fluchtversuch aufholzen. Und ihn in die Gefängnisbaracke stecken.
Kurz vor dem Tor postierten sich rechts und links vom Pferch zwei Bewacher, das dreimannshohe Tor öffnete sich langsam, und es ertönte der Befehl:
»An-treten zu fünft!« (»Zurück vom Tor« war hier nicht nötig, denn alle Lagertore gehen nach innen auf, damit sie selbst dann nicht aufgebrochen werden können, wenn sich die ganze Masse der Sträflinge dagegenwirft.) »Erste! Zweite! Dritte!...«
Jetzt beim zweiten abendlichen Zählen, wenn der Sträfling durchs Tor ins Lager zurückkehrt, fühlt er sich so vom Wind durchgepustet, so durchgefroren und ausgehungert wie den ganzen Tag nicht – und die Kelle heiße, dünne Abend-Kohlsuppe ist für ihn nur wie ein Tropfen auf den heißen Stein – im Nu aufgesogen. Diese Kelle voll Suppe ist jetzt für ihn kostbarer als die Freiheit, kostbarer als das ganze frühere Leben und das ganze künftige Leben zusammen.
Die Sträflinge rücken durch das Lagertor ein wie die Krieger nach der Schlacht – mit Hallo, abgehärtet, schwungvoll – Platz da!

Das Faktotum von der Stabsbaracke kriegt es mit der Angst, wenn er die Sträflinge so hereinströmen sieht.
Von dieser zweiten Zählung an, zum ersten Mal wieder seit dem Abmarschsignal früh um halb sieben, ist der Sträfling ein freier Mensch. Sie sind durch das große Tor der Lagerzone marschiert, durch das kleine Tor der Vorzone, dann noch durch die Lagerstraße zwischen den Barrieren rechts und links – und nun geh, wohin du Lust hast.
Wohin du Lust hast, aber die Brigadiere schnappt sich der Einsatzleiter:
»Brigadiere! Zum Einsatzstab!«
Schuchow sauste wie der Blitz an der Gefängnisbaracke vorbei, zwischen den Baracken hindurch – zur Paketausgabe. Zesar aber schritt gemessen und würdevoll nach der anderen Seite, wo sich schon ein ganzer Haufen um den Pfahl mit der Sperrholztafel drängelte, auf der mit Kopierstift alle angeschrieben waren, die heute ein Paket bekommen hatten.
Auf Papier wird im Lager selten geschrieben, meistens auf Sperrholz. Es wirkt solider, echter, so auf einem Brett. Sowohl die Filzer wie die Einsatzleiter führen ihre Listen auf einem Brett. Für morgen wirds abgekratzt – dann kann man wieder drauf schreiben. Einsparung.
Wer in der Lagerzone bleibt, kann sich auch so noch etwas verdienen: Er liest am Brett nach, wer ein Paket bekommen hat, erwartet den Paketempfänger abends an der Lagerstraße und sagt ihm gleich die Nummer. Viel oder wenig – ein Zigarettchen springt doch dabei heraus.
Schuchow langte bei der Paketstelle an. Die Baracke hatte einen Anbau, und an den hatten sie noch einen Vorraum angekleistert. Der Vorraum war außen ohne Tür, die Kälte konnte ungehindert hinein, aber trotzdem fühlte man sich drinnen gemütlicher, man hatte ja ein Dach über dem Kopf.

Die Männer, die im Vorraum warteten, hatten sich an die Wand gelehnt. Schuchow stellte sich an. Rund fünfzehn Mann waren vor ihm, also eine gute Stunde, gerade bis zum Zapfenstreich. Die von der Kraftwerk-Kolonne erst noch zum Brett gegangen waren, um die Namen zu lesen, mußten sich hinter ihm anstellen. Und die Maschinenfabrikler alle. Wenn sie nach ihren Paketen nicht sogar noch ein zweites Mal kommen mußten, morgen früh.
Sie stehen an mit Beuteln, mit kleinen Säcken. Dort hinter der Tür (Schuchow selber hatte in diesem Lager noch kein einziges Mal ein Paket bekommen, aber er wußte es vom Erzählen) wird die Kiste mit einem Beilchen aufgemacht, der Aufseher nimmt alles eigenhändig heraus und prüft es. Dies zerschneidet er, das bricht er durch, hier befingert er was, da schüttet er was aus. Wenn was Flüssiges dabei ist, im Glas oder in einer Büchse, dann machen sie's auf und kippen es dir hin – halt die Hände drunter oder fang's im Handtuch auf. Büchsen händigen sie nicht aus, da haben sie Angst. Wenn an Kuchen oder Süßigkeiten was Besonderes dabei ist oder eine Wurst, ein Fischchen, da nimmt sich der Aufseher einfach was davon. (Und versuch mal aufzumucken – gleich hält er dir einen Vortrag, was verboten ist und was nicht erlaubt ist, und behält aus Schikane das ganze. Beim Aufseher fängt's an: Wer ein Paket kriegt, muß geben, geben, geben.) Auch wenn die Paketkontrolle vorbei ist, kriegst du die Kiste nicht. Feg alles vom Tisch in deinen Beutel, oder in den Jackenschoß – und dann raus mit dir, der nächste. Manche hetzen sie so, daß er auf dem Tisch was vergißt. Danach brauchst du nicht zurückzukommen, 's ist nicht mehr da.
Damals in Ust-Ishma bekam Schuchow ab und zu ein Paket. Aber er selber hatte der Frau geschrieben: Ist doch für die Katz – schrieb er –, schick mir nichts, nimm's den Kindern nicht weg.
Obwohl es Schuchow in der Freiheit leichter gefallen war, eine ganze Familie zu ernähren als hier sich allein, wußte er doch, was so ein Paket kostet, und er wußte auch, daß er seiner Familie nicht zehn

Jahre lang Pakete abverlangen konnte. Dann wollte er lieber ohne Pakete auskommen.

Aber wenn das auch sein eigener Entschluß war, wurde es ihm doch jedesmal, wenn jemand von der Brigade oder in der Baracke einer aus seiner Umgebung ein Paket bekam (und das war fast jeden Tag), schwer ums Herz, weil er keins bekam. Und wenn er auch der Frau sogar ausdrücklich verboten hatte, ihm zu Ostern was zu schicken, und er nie an das Brett mit der Namensliste ging, höchstens für ein reiches Brigademitglied, – wartete er doch manchmal darauf, daß einer angerannt käme und sagte:

»Schuchow! Warum gehst du nicht hin? Du hast ein Paket!« Aber es kam nie jemand angerannt...

Und so hatte er weniger und weniger Anlaß, sich an das Dorf Temgenjowo und sein Haus zu erinnern... Das Leben hier hielt ihn vom Wecken bis zum Zapfenstreich in Atem, ließ für nutzlose Erinnerungen keinen Raum.

Als Schuchow jetzt so mitten unter denen stand, die in der hoffnungsvollen Vorstellung schwelgten, bald die Zähne in ein Stück Speck schlagen oder ein Stück Brot mit Butter bestreichen und sich den Becher mit Zucker versüßen zu können, hatte er nur den einen Wunsch: so schnell wie möglich mit seiner Brigade in den Eßraum zu kommen und seine Suppe heiß entgegenzunehmen, nicht kalt. Kalt war sie nicht halb so viel wert wie heiß.

Er überlegte. Wenn Zesar seinen Namen auf dem Brett nicht gefunden hatte, dann war er schon längst in der Baracke und wusch sich. Hatte sein Name drangestanden, dann suchte er jetzt Beutel, Kunststoffbecher und Gefäße zusammen. Deswegen hatte Schuchow versprochen, zehn Minuten zu warten.

Hier beim Anstehen hörte Schuchow eine Neuigkeit: Diese Woche würde es wieder keinen Sonntag geben, wieder würden sie ihnen den Sonntag klauen. Das hatte er erwartet, und die andern hatten es auch erwartet, denn wenn der Monat fünf Sonntage hatte, ließen sie ihnen drei und jagten sie an den anderen beiden zur Arbeit. Er hatte es erwartet, aber als es die anderen jetzt sagten, krampfte sich doch alles in ihm zusammen: der schöne Sonntag, der heißersehnte, wer entbehrte ihn nicht bitter? Allerdings hatten die andern auch wieder recht, wenn sie meinten, die Lagerleitung versteht's, sie auch am freien Tag im Lager einzuspannen; irgendwas erfindet sie schon – eine Sauna anbauen oder eine Mauer ziehen, um einen Durchgang zu sperren, oder den Hof säubern. Oder auch die Matratzen wechseln und ausklopfen und die Wanzen in den Pritschen vertilgen. Oder es wird eine Personenkontrolle nach den Karteikarten anberaumt. Oder eine Inventaraufnahme: raus mit allen Klamotten auf den Hof und dann da den halben Tag sitzen.

Am meisten ärgert es sie jedenfalls, wenn der Sträfling nach dem Frühstück schläft.

Die Schlange rückte vor, wenn auch langsam. Es kamen nämlich welche außer der Reihe und schubsten kurzerhand den vordersten weg – einer von den Friseuren, ein Buchhalter und einer aus dem Tagesraum. Aber das waren keine Durchschnittssträflinge, sondern eingesessene Lagerfaktoten. Oberschweine, die schön in der Lagerzone sitzen blieben. Für die »Arbeiter« waren diese Kerle der letzte Dreck (wofür die ihrerseits die »Arbeiter« hielten). Aber es hatte gar keinen Zweck, mit ihnen Streit anzufangen. Die Faktoten hielten untereinander zusammen und mit den Aufsehern auch.

Es standen immer noch zehn Mann vor Schuchow, und hinter ihm waren sieben dazugekommen, als Zesar durch die Türöffnung hereinkam, wobei er sich bücken mußte, auf dem Kopf die neue Pelzmütze, die sie ihm von draußen geschickt hatten. Das war ein Ding von Mütze. Zesar hatte irgendwen geschmiert, und sie erlaubten ihm, diese feine, neue Mütze aus der Stadt zu tragen. Den andern nahmen sie sogar abgetragene Soldatenmützen weg und gaben ihnen dafür Lagermützen, richtiges Gelumpe. Zesar lächelte Schu-

chow zu, und gleich darauf begrüßte er den komischen Kerl mit Brille, der beim Schlangenstehen immer Zeitung las:
»Aaahh! Pjotr Michalytsch!«
Und sie blühten beide auf wie Mohnblumen. Sagte der Komische:
»Ich habe ein neues ›Abendblatt‹, sehen Sie her! Mit Streifband bekommen.«
»Na, so etwas!« Und Zesar steckte die Nase auch in die Zeitung. Dabei schien das Birnchen an der Decke mehr als matt, wie konnte man da die kleinen Buchstaben lesen?
»Hier ist eine höchst interessante Rezension über Sawadskijs Premiere...!«
Die Moskauer riechen einander doch von ferne, wie die Hunde. Und wenn sie sich getroffen haben, dann beschnuppern sie sich dauernd. Und nuscheln drauflos, und einer will immer noch mehr reden als der andere. Und wenn sie so losschnattern und so wenig russische Wörter dabei vorkommen, ist's das gleiche, als ob man Letten reden hört oder Rumänen.
Doch Zesar hatte alle seine Beutel mitgebracht.
»Ja, ich hab also... Zesar Markowitsch...« stotterte Schuchow, »Kann ich jetzt vielleicht gehen?«
»Selbstverständlich, selbstverständlich.« Zesar hob seinen schwarzen Schnurrbart von der Zeitung. »So, hinter wem stehe ich denn? Wer steht hinter mir?«
Schuchow setzte ihm auseinander, wer hinter wem dran war, und weil er nicht erwartete, daß Zesar von selber ans Abendessen denken würde, fragte er:
»Und soll ich Ihnen das Abendessen bringen?«
Das hieß, aus der Eßbaracke in die Schlafbaracke, im Kochgeschirr. Streng verboten übrigens, da gab's viele Befehle. Wenn sie einen dabei erwischten, kippten sie das Kochgeschirr aus und setzten einen in den Bunker – und trotzdem wurde Essen gebracht und würde auch künftig gebracht werden, denn wer etwas vor-

hatte, schaffte es nie, zusammen mit der Brigade in die Eßbarache zu gehen.

Er fragte, ob er ihm das Abendessen bringen sollte, dachte aber im stillen: Du wirst doch kein Unmensch sein? Wirst mir doch dein Abendessen schenken? Abends ist ja sowieso keine Grütze drin, bloß blanke Suppe...! »Nein, nein.« Zesar lächelte. »Das Abendessen ist für dich, Iwan Denissytsdi!«

Darauf hatte Schuchow gewartet! Jetzt flog er wie ein freier Vogel aus dem Vorraum – und durch die Zone, durch die Zone!

Die Sträflinge flitzten überall herum! Einmal hatte der Lagerkommandant noch folgenden Befehl erlassen: Kein Sträfling darf sich innerhalb der Lagerzone allein bewegen. Die ganze Brigade ist möglichst immer in geschlossener Kolonne zu führen. Wo es aber nicht geht, etwa ins Krankenrevier oder auf die Latrine, sind Vierer- und Fünfergruppen zu bilden und einer davon ist zum Ältesten zu ernennen, der die Leute dann geschlossen hinführt, wartet und geschlossen wieder zurückführt. Der Lagerkommandant bestand hartnäckig auf diesem Befehl. Keiner wagte, ihm zu widersprechen. Die Aufseher schnappten sich die Einzelgänger, notierten ihre Nummern und schleppten sie ins Lagergefängnis. Aber der Befehl erlitt dennoch Schiffbruch. Ganz in der Stille, wie viele laute Befehle. Sie rufen dich mal selber, um dich auszuhorchen – da kann man kein Kommando mitgeben! Oder du willst deine Lebensmittel im Magazin holen, weshalb soll ich dann mitgehen? Oder es fällt einem ein, im Tagesraum Zeitung zu lesen, wer wird dann schon mit ihm gehen? Ein anderer will seine Filzstiefel zur Reparatur schaffen, ein dritter möchte in den Trockenraum, ein vierter ganz einfach von Baracke zu Baracke gehen (obwohl dies strenger als alles andere verboten ist!) – wie will man sie davon abhalten?

Mit diesem Befehl wollte ihnen der Lagerkommandant noch den letzten Rest Freiheit nehmen, aber selbst ihm, dem Dickwanst, gelang das nicht.

Als Schuchow auf dem Weg zu seiner Baracke einem Aufseher begegnete, zog er für alle Fälle die Mütze; so lief er schließlich hinein. Drinnen war ein Zetermordio:

Einem war tagsüber die Ration gestohlen worden, der Barackendienst wurde angeschrien und brüllte seinerseits zurück. Die Ecke der 104. Brigade war leer.

Schuchow rechnete den Abend schon zu den glücklichen, wenn bei der Rückkehr in die Lagerzone die Matratzen nicht durchwühlt waren, und während des Tages in der Baracke keine Filzung stattgefunden hatte.

Schuchow stürzt auf seine Schlafstelle, zieht unterwegs die Wattejacke runter, wirft sie aufs Bett, die Fausthandschuhe mit dem Stück Lochsäge drauf, und greift tief in seine Matratze hinein – das Stückchen Brot von heute morgen ist noch da!

Er ist froh, daß er es eingenäht hat.

Nun aber im Laufschritt raus! Zur Eßbaracke!

Er rennt schnurstracks zur Eßbaracke, ohne einem Aufseher zu begegnen. Nur Sträflinge kommen ihm langsam entgegen und debattieren über ihre Ration.

Draußen wird es im Mondlicht immer heller. Die Lichter sind überall verblaßt, und die Baracken werfen schwarze Schatten. Der Eingang zur Eßbaracke führt über eine breite Vortreppe mit vier Stufen. Diese Vortreppe liegt jetzt auch im Schatten. Die Lampe darüber pendelt hin und her und quietscht in der Kälte. Von den Birnen geht ein regenbogenfarbener Schein aus, vielleicht wegen der Kälte oder vom Schmutz.

Es gab noch einen zweiten strengen Befehl des Lagerkommandanten: Die Brigaden müssen in Zweierreihen in die Eßbaracke. Und weiter: Wenn die Brigaden vor die Eßbaracke kommen, dürfen sie nicht sofort die Vortreppe hinauf, sondern müssen sich erst in Fünferreihen aufstellen und so lange warten, bis der Tischdienst sie einläßt.

An den Tischdienst aber klammert sich eisern Chromoj. Wegen seiner Lahmheit gilt er als arbeitsunfähig, aber er war stark, das Aas. Er hat sich einen Birkenstock zugelegt, und damit haut er von der Treppe aus auf jeden, der ohne sein Kommando raufgeht. Aber er macht Ausnahmen. Er hat eine gute Witterung und erkennt sogar im Dunkeln diejenigen am Rücken, die er nicht schlagen darf, weil er sonst selber eins auf die Schnauze bekommt. Er schlägt die Angeschlagenen. Schuchow hat er einmal zusammengeschlagen.

Er nennt sich »Tischdienst«, aber benimmt sich wie ein Fürst!

Er kann's gut mit den Küchenbullen!

Heute klebt ein dichter Haufen auf der Vortreppe, teils weil sich alle Brigaden gleichzeitig heranwälzen, teils weil man sich mit dem Ordnen so lange aufhält. Auf der Vortreppe aber stehen Chromoj, sein Handlanger und der Leiter der Eßbaracke höchstpersönlich. Sie haben keine Aufseher, regieren sich selber, diese Böcke!

Der Leiter der Eßbaracke ist ein gemästetes Ekel, hat einen Kopf wie ein Kürbis und einundsiebzig Zentimeter Schulterbreite. Er besitzt so viel überschüssige Kräfte, daß er wie auf Sprungfedern wippt, als seien seine Beine und Arme aus Federn. Er trägt eine weiße Flauschmütze ohne Nummer. Keiner der Freien hat eine solche Mütze. Ferner trägt er eine Weste aus Schaffell und auf dieser Weste auf der Brust eine winzige, briefmarkengroße Nummer – eine Konzession an Wolkowoj. Auf dem Rücken trägt er überhaupt keine Nummer. Der Leiter der Eßbaracke grüßt niemanden, und alle Sträflinge fürchten ihn. Er hält das Leben von Tausenden in seiner Hand. Einmal wollte man ihn verprügeln, da kamen ihm alle Küchenbullen zu Hilfe, alles ausgesuchte Verbrechervisagen.

Das wird ein Unglück geben, wenn die 104. Brigade schon durch ist. Chromoj kennt jeden Lagerinsassen von Angesicht, und wenn der Chef daneben steht, läßt er keinen mit einer fremden Brigade durch und macht sich einen besonderen Spaß draus.

Hinter Chromojs Rücken kriechen die Sträflinge zuweilen auch durch das Treppengeländer hindurch, so schlüpfte auch Schuchow schon mal durch. Heute aber, in Anwesenheit des Chefs, kommt man so nicht hinein. Man würde mit ihm so lange Schlitten fahren, bis er reif war fürs Krankenrevier.

Nur schnell zur Vortreppe, um unter den vielen gleichen schwarzen Wattejacken im Dunkeln herauszufinden, ob die 104. Brigade noch hier ist.

In diesem Augenblick aber drängen die Brigaden unaufhaltsam nach vorn (wohin auch sonst? – bald ist Zapfenstreich), als gelte es eine Festung zu stürmen, und nehmen die erste, die zweite, dritte, vierte Stufe, stürzen auf die Vortreppe!

»Halt, Hurenpack!« brüllt Chromoj und hebt den Stock gegen die ersten. »Zurück! Gleich schlage ich einen zu Brei!«

»Was können wir denn dafür?« brüllen die vorderen. »Sie drängen von hinten!«

Die hinten drängeln natürlich, aber die vorderen leisten keinen besonderen Widerstand, sie wollen so schnell wie möglich in die Eßbaracke hineinkommen.

Da ergreift Chromoj seinen Stock, hält ihn wie einen heruntergelassenen Schlagbaum vor die Brust und stürzt sich mit voller Wucht auf die vorderen! Auch Chromojs Handlanger faßt den Stock an, und der Chef geniert sich auch nicht, seine Hände zu besudeln.

Sie rücken ihnen hart auf den Leib, verfügen über ungeheure Kräfte, diese Fleischesser – und drängen die anderen zurück! Sie werfen die vorderen von oben auf die Nachdrängenden, wälzen sie auf ihre Hintermänner wie Strohgarben.

»Chromoj, du Hurenkerl... den Schädel müßte man dir einschlagen!« schreit es aus der Menge, aber die Rufer halten sich verborgen. Die übrigen fallen schweigend hin und stehen schweigend wieder auf, so schnell wie möglich, um nicht niedergetrampelt zu werden.

Die Stufen sind leergefegt. Der Leiter der Eßbaracke ist über die

Vortreppe verschwunden; Chromoj aber steht auf der obersten Stufe und belehrt:
»In Fünferreihen, ihr Hammelköpfe! Wie oft soll man das noch sagen? Ihr kommt rein, wenn ihr dran seid!«
Da entdeckt Schuchow direkt an der Vortreppe sowas wie Senka Klewschins Kopf. Er freut sich unheimlich. Nun aber los, mit den Ellbogen durch nach vorn. Die Rücken schieben sich noch mehr zusammen – er schafft es nicht, kommt nicht durch.
»Siebenundzwanzigste!« brüllt Chromoj. »Durch!«
Die siebenundzwanzigste stürmt die Stufen rauf, nichts wie rein! Wieder wälzen sich alle nach, wieder drängeln die hinteren. Und Schuchow drängelt auch aus Leibeskräften. Die Vortreppe wackelt, die Lampe über der Vortreppe quietscht.
»Schon wieder, ihr Drecksäcke?«
Chromoj kocht. Und haut mit dem Stock dem einen über die Schulter, dem andern über den Rücken, und stößt die vorderen wieder runter auf die hinteren.
Zum zweiten Mal hat er die Vortreppe leer.
Schuchow sieht von unten, daß Pawlo zu Chromoj raufgestiegen ist. Die Brigade führt er hierher, Tjurin ist sich zu fein für die Drängelei hier.
»An-treten zu fünft, hundertvii-ierte!« schreit Pawlo von da oben herunter. »Schiebt euch durch, Jungs!«
»Schiebt euch durch« – so ein Armleuchter!
»He, du Rücken, laß mich mal durch! Ich bin von der Brigade da!« Schuchow rüttelt einen.
Der würde ihn schon gern durchlassen, wird aber selber von allen Seiten eingeklemmt.
Der Haufen wogt hin und her, die Männer zerquetschen sich fast – nur um die Suppe zu kriegen. Die Suppe, die ihnen rechtmäßig zusteht.
Da macht Schuchow es anders: greift von links ins Geländer, faßt

dann mit beiden Händen den Eckpfosten der Vortreppe und – hängt in der Luft. Mit den Füßen knallt er jemand gegen die Knie, er selber bekommt einen derben Puff in die Seite, ein paar schicken ihm saftige Flüche nach, aber er bat es schon geschafft: hat einen Fuß oben auf dem Treppensims bei der obersten Stufe und wartet. Seine Jungs würden ihn sehen, ihm hinaufhelfen.

Der Eßbarackenleiter hat sich im Weggehen an der Tür nochmal umgesehen:

»Los, Chromoj, noch zwei Brigaden!«

»Hundertvierte!« schreit Chromoj. »Wo willst du denn hin, du Luder?« Und – brennt dem Fremden mit dem Stock eins auf den Hals.

»Hundertvii-ierte!« schreit Pawlo und läßt seine Leute an sich vorbei.

»Uff!« Schuchow ist drin. Hat gar nicht erst abgewartet, bis Pawlo den Mund aufmachte – Tabletts, freie Tabletts muß er jetzt finden. Im Eßraum ist's wie immer – Dampf dringt in Wolken zur Tür herein, einer sitzt auf dem andern, wie die Kernchen in der Sonnenblume; zwischen den Tischen Gedränge und Geschiebe, hier und da will einer mit einem vollen Tablett durch. Aber Schuchow ist ja seit Jahren daran gewöhnt, er hat scharfe Augen, und siehe da: Sch-208 trägt auf seinem Tablett nur fünf Schüsseln, also ist's das letzte Tablett in der Brigade, denn sonst wäre es ja voll gewesen.

Er erwischt ihn und flüstert ihm rasch von hinten ins Ohr:

»Bruder! Ich brauch ein Tablett – hier hinter dir!«

»Aber da am Schalter wartet einer, hab' ihm versprochen ...«

»Laß ihn warten, wer gähnt, kriegt einen Bastschuh ins Maul.«

Sie einigen sich.

Der andere bringt das Tablett an seinen Platz, lädt ab. Schuchow packt das Tablett, und auf einmal ist auch der da, dem's versprochen worden war, und grapscht nach dem andern Ende des Tabletts. Aber er ist noch schmächtiger als Schuchow. Schuchow schiebt ihn mit dem Tablett in die Richtung, in der jener zog, er fliegt gegen den Pfosten, das Tablett rutscht ihm aus den Fingern. Schuchow klemmt es sich unter den Arm und saust ab zur Essenausgabe.

Pawlo steht in der Schlange vor dem Essenschalter und mopst sich, weil noch keine Tabletts da sind. Jetzt freut er sich: »Iwan Denissowitsch!« Und er schubst den Hilfsbrigadier der siebenundzwanzigsten beiseite: »Laß mich vorbei! Was stehst du hier herum? Ich habe Tabletts!«

Sieh mal an, auch Goptschik, der kleine Gauner, hat sich ein Tablett geangelt.

»Hielten Maulaffen feil«, lacht er, »da hab ich's geklaut!«

Aus Goptschik wird noch mal ein richtiger Lagerhase werden. So drei Jährchen wird er noch lernen, sich rausmachen – und dann ist ihm mindestens das Pöstchen eines Brotschneiders sicher.

Das zweite Tablett muß auf Pawlos Anweisung Jermolajew nehmen, der kräftige Sibirier (auch zehn Jahre wegen Kriegsgefangenschaft). Goptschik schickt er los, einen Tisch ausfindig zu machen, wo gerade welche mit Essen fertig sind. Und Schuchow setzt sein Tablett mit der Ecke auf das Brett vor dem Essenschalter und wartet.

»Hundervii-ierte!« meldet Pawlo am Schalter.

Insgesamt sind fünf Schalter da: drei gewöhnliche Ausgabeschalter, einer für die, die gesondert geführt werden (die rund zehn Geschwürkranken und, durch Schiebung, die gesamte Buchhaltung), und einer für die Rückgabe des Geschirrs (an dem Schalter prügeln sie sich darum, wer die Schüsseln auslecken darf). Die Schalter sind nicht hoch – gerade bis über die Gürtellinie reichen sie einem. Die Küchenbullen selber kann man nicht sehen, nur ihre Hände und die Schöpfkellen.

Weiße, glatte Hände hatte der Küchenbulle, aber behaart sind sie, überhaupt richtige Pranken. Als wäre er Boxer und nicht Küchenbulle. Mit dem Bleistift vermerkt er auf seiner Liste an der Wand: »Hundertvierte – vierundzwanzig!«

Der Pantelejew schiebt sich in den Eßraum rein. Ist gar nicht krank, der Hund.

Der Küchenbulle greift sich ein Mordsding von Kelle, faßt bestimmt drei Liter, und rührt damit in dem Kübel, wird rein gar nicht fertig mit Rühren (der Kübel ist frisch gefüllt, beinahe bis zum Rand, und dampft mächtig). Jetzt nimmt er die andre Kelle, die Dreiviertelliter-Kelle, und fängt an, so von oben her, damit zu schöpfen.

»Eins, zwei, drei vier...«

Schuchow merkt sich, weiche Näpfe gefüllt werden, bevor sich das Dicke wieder gesetzt hat, und in welchen bloß Dünnes ist, das reine Wasser. Er stellt zehn Schüsseln auf sein Tablett und schiebt ab. Goptschik winkt ihm von der zweiten Pfostenreihe zu:

»Hierher, Iwan Denissytsch, hierher!«

So Schüsseln tragen – das will gelernt sein. Sanft setzt Schuchow einen Fuß vor den andern, damit ja das Tablett nicht ins Wackeln gerät, aber sein Mundwerk geht dafür um so lebhafter:

»He, du da, Ch-920...! Paß auf, Onkel...! Aus dem Weg da, Junge!«

In so einem Gedränge ist's schon eine heikle Sache, eine Schüssel zu tragen, ohne was zu verschütten, aber erst mit zehn! Trotzdem sind keine neuen Kleckse auf dem Tablett, als Schuchow es sachte auf dem von Goptschik freigehaltenen Tischende aufsetzt. Außerdem bringt er's noch fertig, dem Tablett beim Aufsetzen so einen Dreh zu geben, daß die beiden Schüsseln mit dem Dicken da stehen, wo er sich jetzt hinsetzen will. Und Jermolajew bringt seine zehn. Goptschik flitzt los und bringt zusammen mit Pawlo die letzten vier in der Hand. Dann kommt noch Kilgas mit dem Tablett voll Brot. Heute kriegen sie Futter nach der Arbeitsleistung – einer zweihundert, einer dreihundert Gramm und Schuchow vierhundert. Er nimmt sich die vierhundert – vom Ende, und für Zesar zweihundert, ein Mittelstück.

Jetzt finden sich die anderen von der Brigade aus allen Ecken des Eßraums ein – nimm dein Essen in Empfang, und dann friß, wo du

Platz findest. Schuchow teilt die Näpfe aus, merkt sich, wem er einen gegeben hat, und bewacht die Tablettecke. In den einen Napf mit dem Dicken steckt er seinen Löffel – besetzt, heißt das. Fetjukow holt seine Schüssel als einer der ersten und geht wieder los. Bei der Brigade kann er jetzt nichts mehr erben, da streift er lieber die ganze Eßbaracke ab, der Schakal, vielleicht ißt einer nicht auf (wenn einer nicht aufißt und die Schüssel von sich wegschiebt, dann stürzen sich manchmal gleich ein paar darauf wie die Aasgeier). Schuchow zählt mit Pawlo die Portionen nach, ob alles stimmt. Für Andrej Prokofjewitsch stellt er eine Schüssel mit Dickem beiseite, und Pawlo kippt die Suppe in das schmale deutsche Kochgeschirr mit Deckel: Das kann man unter der Jacke rausschmuggeln. Sie geben die Tabletts ab. Pawlo setzt sich mit seiner doppelten Portion und Schuchow mit seinen beiden Schüsseln. Jetzt reden sie nicht mehr miteinander, die geheiligten Minuten brechen an.
Schuchow nimmt die Fellmütze ab, legt sie auf die Knie. Prüfend fährt er mit dem Löffel erst durch den einen Napf, dann durch den andern. Na ja, ist sogar ein bißchen Fisch drin. Abends ist der Fraß sowieso immer viel dünner als am Morgen. Morgens muß man den Sträfling füttern, damit er arbeiten kann, einschlafen wird er abends auch so.
Er fängt an zu essen. Zuerst schlürft er nur das Dünne gierig in sich hinein. Als er das heiße Zeug im Magen hat und fühlt, wie die Wärme durch seinen ganzen Körper kriecht, zittert alles in ihm dem Rest der Suppe entgegen. Aaahh! Das ist er, der kurze Augenblick, für den der Sträfling lebt!
Jetzt kann Schuchow nichts mehr aufregen. Nicht, daß die Haftzeit so lang ist, nicht, daß der Tag so lang ist, und nicht, daß es wieder keinen Sonntag geben wird. Jetzt denkt er: Wir werden's überstehen! Wir werden alles überstehen, und dann haben wir's hinter uns!
Nachdem er von beiden Näpfen die heiße Brühe abgetrunken hat, leert er den zweiten Napf in den ersten, kippt ihn völlig um und

kratzt ihn auch noch mit dem Löffel aus. So ist es beruhigender: Er braucht an die zweite Schüssel nicht zu denken, kein wachsames Auge auf sie zu haben, sie nicht mit der Hand festzuhalten.

Die Augen haben nichts mehr zu tun – er schielt nach den Schüsseln der andern. Der links neben ihm hat das reine Wasser in seiner. Mistkerle, sind Leidensgenossen und tun sowas!

Und Schuchow ißt den Kohl, der in dem Rest der Brühe schwimmt. Kartoffeln findet er in beiden Schüsseln nur eine einzige, in Zesars. Eine mittelgroße, erfroren natürlich, mit einer harten Stelle und süßlich. Fischstückchen fast gar keine, nur hie und da ein Stück Rückengräte, von der alles abgekocht ist. Doch auch jedes Stückchen Gräte und Flosse muß man ordentlich zerkauen und den Saft heraussaugen, den guten Saft. Alles das dauert seine Zeit, aber Schuchow hat auch nichts Eiliges vor, bei ihm ist heute Feiertag: Zum Mittag zwei Schläge organisiert und zum Abendbrot auch. Da kann man ruhig alles andre sausen lassen.

Höchstens zu dem Letten würde er noch gehen, wegen Tabak. Morgen früh könnte er vielleicht keinen mehr haben.

Sein Brot rührt Schuchow nicht an. Zwei Schläge und dann noch Brot – das ist zu üppig, das Brot bleibt für morgen. Der Bauch ist ein unverschämtes Luder, gibt man ihm heute viel, schreit er morgen nach mehr.

Schuchow ißt langsam auf und kümmert sich nicht sehr um seine Umgebung, wozu auch. Er hat keine Lust auf was Neues, er ißt sein rechtmäßig erworbenes Essen. Trotzdem sieht er, daß einen Tisch weiter gerade ihm gegenüber ein Platz frei wird und sich Ju-81, der große Alte, dort hinsetzt. Er ist, das weiß Schuchow, in der 64. Brigade, und beim Anstehen in der Paketstelle hatte Schuchow gehört, daß die Vierundsechziger heute statt der Hundertvierer auf der Außenbaustelle für die Sozkolonie gewesen seinen und den ganzen Tag ohne Wärmepause Stacheldraht gezogen hätten. Sie hatten sich ihre Arbeitszone selber eingezäunt.

Dieser Alte sitze ständig in Lagern und Gefängnissen, hatten sie Schuchow erzählt, bei keiner Amnestie komme er frei, und wenn die ersten zehn Jahre Knast abgelaufen seien, verknacken sie ihn gleich zu den nächsten zehn.

Jetzt kann Schuchow ihn mal aus der Nähe betrachten. Unter all den gebeugten Häftlingsrücken fällt sein Rücken durch Geradheit auf, und wie er so am Tisch sitzt – als habe er sich was untergelegt. Auf seinem kahlen Schädel ist längst nichts mehr zu scheren, die Haare sind ihm alle ausgegangen beim feinen Lagerleben. Die Augen des Alten huschen nicht hin und her, sie starren blicklos über Schuchow hinweg. Er ißt gemessen seine dünne Suppe mit einem zerschrammten Holzlöffel und bückt sich dabei nicht tief über den Napf wie die andern, sondern hebt den Löffel jedesmal hoch an den Mund. Zähne hat er weder oben noch unten. Statt der Zähne malmen die verknöcherten Kiefer das Brot. Sein Gesicht zeigt die Spuren der Strapazen, aber es ist nicht die zerschlissene Visage eines Wracks, es ist wie aus dunklem Stein gehauen. Auch seinen rissigen, schwärzlichen großen Händen ist anzusehen, daß er allerhand durchgemacht hat in all den Jahren, die sie ihn in Lagern und Gefängnissen herumgestoßen haben wie ein dummes Stück Vieh. Aber sie haben ihn nicht untergekriegt, er kapituliert nicht: Er legt seine dreihundert Gramm Brot nicht wie alle auf den dreckigen, bekleckerten Tisch, sondern auf einen sauberen Lappen. Doch Schuchow hat keine Zeit, ihn noch länger anzustarren. Als er aufgegessen, den Löffel abgeleckt und in den Filzstiefel gesteckt hat, setzt er die Mütze auf, steht auf, nimmt die beiden Brotrationen, seine und Zesars, und geht. Der Ausgang führt über die hintere Treppe. Dort stehen noch zwei vom Tischdienst, die weiter nichts zu tun haben, als den Riegel aufzuschieben, die Männer hinauszulassen und den Riegel wieder vorzulegen.

Schuchow geht mit vollem Bauch hinaus, rundherum zufrieden, und entschließt sich, obwohl's nicht mehr lange bis zum Zapfenstreich ist, doch noch schnell zu dem Letten zu sausen. Ohne erst sein Brot in die Baracke 9 zu bringen, stiefelt er mit Riesenschritten los zur Baracke 7.

Der Mond steht sehr hoch und wie aus dem Himmel ausgeschnitten, rein, weiß. Der ganze Himmel ist sauber.

Und die Sterne hier und da sind die allerhellsten. Aber an den Himmel zu schauen hat Schuchow schon gar keine Zeit. Nur eins merkt er – daß der Frost nicht nachläßt. Manche haben von den Zivilisten gehört, daß sie im Radio angesagt hätten, zum Abend würden dreißig Grad und zum Morgen vierzig erwartet.

Man konnte weit hören diese Nacht: irgendwo in der Ortschaft brummte ein Traktor, und weit hinten an der Chaussee quietschte ein Bagger. Und von jedem Paar Filzstiefel, das im Lager unterwegs war, hörte man das Knirschen.

Aber keinen Wind.

Eigenbau wollte Schuchow kaufen, wie er ihn schon früher gekauft hatte – zu einem Rubel das Glas, obwohl so ein Glas in der Freiheit draußen drei Rubel kostete und auch mehr, je nach der Sorte. Im Zwangsarbeitslager hatte alles einen eigenen Preis, nicht zu vergleichen mit dem draußen, weil man hier Geld nicht aufbewahren konnte, kaum einer was hatte, und es war sehr kostbar. Für die Arbeit wurde in diesem Lager nicht eine Kopeke gezahlt. In Ust-Ishma hatte Schuchow wenigstens dreißig Rubel im Monat bekommen. Wenn einer von Verwandten Geld geschickt erhielt, gaben sie's ihm trotzdem nicht, sondern setzten es auf ein persönliches Konto. Davon konnte man einmal im Monat im Lädchen was kaufen – Seife, verschimmelte Kekse, Zigaretten Sorte »Prima«. Ob dir die Ware gefiel oder nicht – für so viel, wie du beim Chef beantragt hattest, mußtest du auch kaufen. Kauftest du nicht, war das Geld doch futsch, weil man es schon abgeschrieben hatte.

Schuchow bekam Geld nur durch Nebenarbeit in die Finger: Latschen nähen aus gelieferten Lumpen – zwei Rubel, Weste flicken – nach Vereinbarung.

Baracke 7 ist nicht wie Baracke 9, besteht nicht aus zwei Hälften. In Baracke 7 gibt es einen langen Korridor, von dem zehn Türen abgehen, in jedem Raum eine Brigade, auf sieben Viererpritschen zusammengequetscht. Na, und dann ist da noch eine Kabine als Latrine und die Kabine des Barackenältesten. Ja, und die Künstler wohnen in einer Kabine.

Schuchow trat in den Raum, wo ihn der Lette hinbestellt hatte. Er lag auf der unteren Pritsche, die Beine hoch, auf dem Querbrett, und unterhielt sich mit seinem Nachbarn laut auf Lettisch.

Schuchow setzte sich zu ihm. 'n Abend, also. 'n Abend, der nimmt die Beine nicht runter. Der Raum war klein, alle würden's gleich mitkriegen – wer gekommen war und warum. Das war beiden klar, und deshalb saß Schuchow bloß so da und zögerte die Sache raus: na, wie gehts? Schlecht und recht. Kalt heute. Ja. Schuchow wartete ab, bis die andern ihr Gespräch von vorhin wieder aufnahmen (sie debattierten über den Koreakrieg: wo nun die Chinesen mitmachten, ob's einen Weltkrieg geben würde oder nicht), und beugte sich zu dem Letten runter:

»Hast du Eigenbau?«

»Hab' ich.«

»Zeig her.«

Der Lette schwenkte die Beine in den Gang runter, stützte sich auf. Ein Knauser war dieser Lette, wie er das Glas füllte – immer hatte er Angst, daß es für ein Zigarettchen mehr sein könnte.

Er zeigte Schuchow den Tabaksbeutel, zog ihn vorsichtig auf.

Schuchow nahm eine Prise auf die Handfläche – ja, es ist derselbe wie letztes Mal, braun und genau so geschnitten. Hob die Hand an die Nase, schnupperte – derselbe. Aber zu dem Letten sagte er:

»Scheint aber doch nicht der zu sein.«

»Doch, er ist es! Es ist der!« antwortete der Lette wütend. »Ich habe nie eine andre Sorte, immer dieselbe.«
»Na, schön«, lenkte Schuchow ein, »stopf mir ein Gläschen voll, ich drehe mir eine, vielleicht nehme ich dann noch eins.«
Er hatte mit Absicht stopfen gesagt, weil der Lette immer so zaghaft beim Einfüllen war.
Der Lette zog unterm Kopfkissen einen zweiten Beutel hervor, der runder war als der erste, und holte sein Gläschen aus dem Schränkchen. Das Gläschen war zwar aus Kunststoff, aber Schuchow hatte nachgemessen, es ging genau so viel rein wie in ein geschliffenes Glas. Der Lette schüttete was ein.
»Drück doch an, drück an!« sagte Schuchow zu ihm und drückte selber mit dem Finger den Tabak fest.
»Brauchst du mir nicht zu sagen!« Zornig riß ihm der Lette das Glas weg und drückte den Tabak selber fest, aber nicht so kräftig. Und schüttete weiter.
Schuchow knöpfte indessen die Weste auf und tastete in der Wattefüllung nach dem Scheinchen, das nur er fühlen konnte. Mit beiden Händen schob und drückte er es allmählich durch die Watte bis zu dem kleinen Loch an einer ganz andern Stelle, das nur flüchtig mit zwei Stichen zugenäht war. Als er den Geldschein bis zum Loch geschoben hatte, zerriß er mit den Fingernägeln den Faden, faltete den Schein der Länge nach zweimal (der sowieso schon längs zusammengeknifft war) und schob ihn durch das Loch. Zwei Rubel. Alter Schein, der nicht mehr knisterte.
Gerade brüllte einer:
»Väterchen mit dem Schnurrbart wird euch gernhaben! Der traut seinem eigenen Bruder nicht, da wird er euch glauben, ihr Tröpfe!«
Was an dem Zwangsarbeitslager gut war – man konnte hier seinem Herzen Luft machen, soviel man wollte. In Ust-Ishma brauchtest du bloß zu flüstern, daß es draußen keine Streichhölzer gebe, da hattest du schon Arrest weg oder nochmal zehn Jahre drauf. Hier dage-

gen – schrei von der oberen Pritsche runter, was du willst, und die Denunzianten verpetzen dich nicht, der Beauftragte des Innenministeriums winkt bloß ab.

Nur hatte man hier keine Zeit, viel zu räsonieren...

»He, sei mal nicht so zaghaft beim Einschütten«, nörgelte Schuchow. »Na, da hast du noch was!« Der Lette tat noch eine Prise oben drauf.

Schuchow zog seinen eigenen Tabakbeutel aus der Innentasche und kippte den Eigenbau aus dem Glas in den Beutel.

»In Ordnung«, sagte er kurz entschlossen, weil er die erste heißersehnte Zigarette nicht so hastig verpaffen wollte. »Stopf schon das zweite voll.«

Nachdem er sich noch ein bißchen mit dem Letten herumgestritten hatte, schüttete er das zweite Glas um, gab seine zwei Rubel hin, nickte dem Letten zu und ging.

Als er draußen war, setzte er sich sofort in Trab. Um nicht zu verpassen, wenn Zesar mit seinem Paket ankam.

Doch Zesar saß bereits auf seiner Pritsche, in den Inhalt seines Pakets vertieft. Die Sachen lagen verstreut auf dem Bett und dem Schränkchen, nur fiel das Licht nicht bis dorthin, es wurde durch Schuchows Bettboden von oben abgehalten, so daß es beinahe dunkel war.

Schuchow trat gebückt zwischen Zesars Pritsche und die Pritsche des Käpt'ns und hielt Zesar die Abendration hin.

»Ihr Brot, Zesar Markowitsch.«

Er sagte nicht: »Na, haben Sie's bekommen?« – das wäre ein Wink mit dem Zaunpfahl gewesen, daß er in der Schlange einen Platz freigehalten und jetzt das Recht auf einen Anteil hatte. Das wußte er sowieso. Aber er war selbst nach acht Jahren Zwangsarbeit kein Gierschlund geworden – und darin würde er auch weiterhin festbleiben.

Jedoch seinen Augen konnte er nicht befehlen. Seine Augen, die

Raubvogelaugen des Lagerinsassen, erhaschten mit einem Blick die auf dem Bett und Schränkchen ausgebreiteten Dinge aus Zesars Paket, und wenn auch die Päckchen noch nicht ganz ausgewickelt und manche Tüten noch nicht geöffnet waren, sagte Schuchow dieser eine flinke Blick, und die Nase bestätigte es ihm, daß Zesar eine Wurst bekommen hatte, Kondensmilch, einen dicken geräucherten Fisch, Speck, Zwieback, der duftete, andres Gebäck mit einem andern Geruch, Würfelzucker so etwa zwei Kilo, und anscheinend auch Butter, dann Zigaretten, Pfeifentabak – und das war noch nicht alles.

Er hatte es in dem kurzen Augenblick erfaßt, als er sagte:

»Ihr Brot, Zesar Markowitsch.«

Zesar, aufgeregt, wirr, wie ein Betrunkener (jeder war so, wenn er ein Lebensmittelpaket bekommen hatte), winkte bloß ab:

»Behalt's für dich, Iwan Dennissytsch!«

Die Suppe und dann noch zweihundert Gramm Brot – das war ein volles Abendessen und natürlich Schuchows voller Anteil an Zesars Paket.

Und sofort, wie abgeschnitten, hörte Schuchow auf, von Zesars guten Dingen, die da ausgebreitet lagen, etwas für sich zu erhoffen. Nichts ist schlimmer, als sich den Bauch rebellisch zu machen, und noch dazu ganz unnötig.

Hier waren vierhundert Gramm Brot, dazu noch zweihundert und dann noch die mindestens zweihundert in der Matratze. Das ist genug. Zweihundert wird er jetzt verdrücken, morgen früh wird er neue fünfhundertfünfzig ergattern, die vierhundert nimmt er zur Arbeit mit – Schlemmerleben! Und die zweihundert in der Matratze sollen ruhig noch liegenbleiben. Gut, daß er so schlau war, das Brot einzunähen – aus dem Schränkchen hatten sie's einem bei der 75. Brigade nämlich geklaut, hinterher war das Geschrei groß.

Manche glauben, der Paketempfänger sei eine Melkkuh, von dem kannst du was schlauchen! Dabei – so leicht, wie er was kriegt, so leicht wird er's auch wieder los. Der Paketempfänger freut sich natürlich, wenn er sich noch vor der Verteilung einen Napf Brei extra ergattern kann, und ist versessen auf eine Nachtischzigarette. Dem Aufseher gibst du was, dem Brigadier – und dem Postkalfaktor etwa nicht? Er könnte dein nächstes Paket erst mal eine Woche schmoren lassen, bevor er es in die Liste einträgt. Und dem Kerl vom Magazin, dem alle Lebensmittel übergeben werden müssen, und wohin Zesar morgen früh vor dem Appell in einem Sack sein Paket tragen wird (damit nichts geklaut wird, damit die Filzer nichts mausen, und weil's der Lagerkommandant so haben will) – diesem Kerl mußt du auch anständig was in den Rachen stopfen, sonst zwackt er selbst dir nach und nach noch viel mehr ab. Den ganzen Tag hockt er dort, der Saukerl, eingeschlossen mit den Lebensmitteln der andern, da kontrolliere mal! Und dem Schuchow willst du nichts geben für seine Gefälligkeit? Muß man nicht auch dem Badewart was geben, damit er dir extra ein anständiges Wäschestück hinschmeißt – nicht viel freilich, aber immerhin doch was? Und dem Friseur, damit er dich mit Papier rasiert (das heißt, damit er das Rasiermesser an einem Stück Papier abwischt und nicht an deinem nackten Knie)? Viel hin, viel her, aber drei, vier Zigarettchen gehen doch auch wieder drauf. Und denen im Tagesraum, damit sie deine Briefe extra weglegen und nicht verbummeln? Und dem Doktor mußt du was zustecken, wenn du mal blau machen, dich einen Tag lang im Lager aalen willst. Und dem Nachbarn, der mit dir vom gleichen Schränkchen ißt, wie der Käpt'n mit Zesar – dem mußt du doch auch was abgeben. Er zählt dir ja jeden Bissen in den Mund, da drückt sich auch ein Schweinehund nicht und gibt was ab.

Soll nur der neidisch sein, der immer meint, der andere hätte den dickem Rettich. Schuchow aber kannte das Leben und verrenkte seinen Magen nicht nach Dingen, die andern gehörten.

Inzwischen hatte er die Stiefel ausgezogen, war nach oben auf seine Pritsche geklettert und hatte das Stück Sägeblatt aus dem Hand-

schuh geholt; er betrachtete es und beschloß, morgen früh einen hübschen kleinen Stein zu suchen und das Stück Säge zu einem Schustermesser zurechtzuschleifen. So in vier Tagen, wenn er sich morgens und abends dransetzte, konnte er ein feines Messerchen draus machen, mit einer scharfen, krummen Klinge.
Aber erstmal, und zwar noch vor dem Morgen, mußte er das Ding verstecken. In seinem Bettboden würde er es unter die Querverbindung schieben. Der Käpt'n, dem der Dreck sonst unten ins Gesicht gefallen wäre, war noch nicht da, also bog Schuchow am Kopfende seine schwere Matratze, die nicht mit Hobelspänen, sondern mit Sägemehl gefüllt war, zurück, und machte sich ans Werk.
Seine oberen Nachbarn – Aljoschka, der Baptist, und jenseits des Ganges, auf der Nebenpritsche, die beiden unzertrennlichen Esten – sahen, was er tat. Aber von ihnen hatte Schuchow nichts zu befürchten.
Fetjukow kam durch die Baracke gegangen, schluchzend, zusammengekrümmt. Die Lippen blutverschmiert. Hatten sie ihn also wieder geschlagen, als es um die Schüsseln ging. Ohne jemand anzusehen und ohne seine Tränen zu verbergen, ging er an der ganzen Brigade vorbei, kroch nach oben und wühlte sich in die Matratze.
Eigentlich konnte er einem leid tun. Der hält nicht aus bis zum Ende der Haftzeit. Versteht es nicht, sich anzupassen.
Da erschien, gut gelaunt, auch der Käpt'n, mit Tee im Kochgeschirr, der extra zubereitet war. In der Baracke standen zwei Fässer mit Tee, aber was war das für ein Tee!
Lauwarm, fast ohne Farbe, richtige Plempe, und er roch nach dem Faß – faulig und nach gebrühtem Holz. Das war Tee für die einfachen Arbeitstiere. Na, aber der Bujnowskij hatte, scheint's, von Zesar echten Tee gekriegt, rein ins Kochgeschirr und ab zum Boiler. Zufrieden machte er sich unten auf dem Schränkchen Platz. »Hätte mir beinahe die Finger unter dem Strahl verbrannt!« erzählte er großmäulig.

Da unten faltete Zesar ein Blatt Papier auseinander, legte das und jenes drauf, und Schuchow rückte seine Matratze wieder an ihren Platz, um nichts mehr zu sehen und keine schlechte Laune zu kriegen. Aber wieder kamen sie ohne Schuchow nicht aus – Zesar erhob sich in seiner ganzen Größe im Gang und zwinkerte Schuchow zu:

»Denissytsch! Da ... Gib mal zehn Tage!«

Das hieß, gib uns mal dein kleines Klappmesserchen.

Schuchow hatte so eins, das bewahrte er auch im Bettboden auf. Wenn man den Finger beim mittleren Knöchel krümmte, dann war das Messerchen immer noch kleiner, aber es schnitt, das Blest, selbst fünf Finger dicken Speck. Schuchow hatte das Messerchen selber gemacht, auch den Griff, und schliff es immer selber nach. Er zog das Messer aus dem Versteck und gab es Zesar. Der nickte und verschwand wieder nach unten.

Auch dieses Messer bedeutete Nebenverdienst. Auf Besitz eines Messers stand immerhin Arrest. Und das: Gib uns mal dein Messerchen, nicht wahr, wir wollen Wurst damit schneiden, du aber lutsch am Daumen – das brachte nur einer fertig, der überhaupt kein menschliches Gewissen mehr besaß.

Jetzt stand Zesar wieder in Schuchows Schuld.

Nachdem Schuchow das Brot verstaut und das Messerversteck wieder in Ordnung gebracht hatte, zog er als nächstes den Tabakbeutel hervor. Gleich nahm er eine Prise heraus, so groß wie die, die er sich geliehen hatte, und reichte sie dem Esten über den Gang: Dankeschön.

Der Este verzog die Lippen, als ob er lächeln wollte, brummte seinem Bruder neben ihm was zu, und sie drehten gleich ein Zigarettchen davon – wollen doch mal sehen, wie Schuchows Tabak schmeckt.

Nicht schlechter als eurer, könnt ruhig probieren! Schuchow hätte selber gern probiert, aber irgend so eine Uhr in seinem Innern sagte

ihm, daß es bis zur Kontrolle nicht mehr lange dauern konnte. Jetzt war gerade die Zeit, wo's passieren konnte, daß plötzlich ein Aufseher in der Baracke stand. Zum Rauchen mußte man raus in den Korridor, und Schuchow bildete sich ein, hier oben in seinem Bett wär's wärmer. In der Baracke war es alles andre als warm, und ihre Decke war überall von innen bereift. Nachts zitterte man vor Kälte, aber vorläufig schien es noch erträglich.
Schuchow hatte nichts mehr zu tun und fing an, von der Zweihundertgramm-Ration Bröckchen abzubrechen, und so hörte er wider Willen mit an, was unter ihm der Käpt'n und Zesar beim Teetrinken miteinander sprachen.
»Essen Sie, Kapitän, essen Sie, genieren Sie sich nicht! Nehmen Sie hier von dem Räucherfischchen. Nehmen Sie von der Wurst.«
»Danke, ich bin so frei.«
»Streichen Sie sich Butter auf die Semmel! Echte Moskauer Semmel!«
»Es ist doch einfach nicht zu glauben, daß irgendwo noch Semmeln gebacken werden. Wissen Sie, dieser unverhoffte Überfluß erinnert mich an etwas. Kam ich doch zufällig einmal nach Archangelsk ...«
Die zweihundert Mann in seiner Barackenhälfte machten einen Heidenlärm, trotzdem hörte Schuchow, daß draußen an die Schiene gehämmert wurde. Und dann bemerkte Schuchow noch etwas: In der Baracke stand der Aufseher Kurnossenkij, ein ganz kleiner Bursche mit roten Backen. In der Hand hielt er einen Zettel, und daran und auch an seinem Verhalten war zu erkennen, daß er nicht gekommen war, um Raucher zu schnappen oder um sie zur Kontrolle rauszujagen, sondern daß er jemand suchte.
Kurnossenkij las nochmal seinen Zettel durch und fragte dann:
»Wo ist die Hundertvierte?«
»Hier«, antworteten sie ihm. Und die Esten versteckten die Zigarette und bliesen den Rauch weg.
»Und wo ist der Brigadier?«

»Was ist?« fragte Tjurin von seiner Pritsche und beeilte sich nicht sehr mit dem Aufstehen.
»Haben die Betreffenden die Erklärungen geschrieben?«
»Sie schreiben sie!« entgegnete Tjurin fest.
»Die mußten schon abgegeben sein.«
»Meine Leute haben nicht viel Bildung, das geht nicht so einfach.« (Damit meinte er Zesar und den Käpt'n. Ein Prachtkerl war der Brigadier, nie um eine Antwort verlegen.) »Keine Federhalter, keine Tinte.«
»Müssen aber dasein.«
»Wurden weggenommen!«
»Hör zu, Brigadier, wenn du noch lange redest, setz ich dich auch fest!« meinte Kurnossenkij gutmütig. »Morgen früh vor dem Appell sind die Erklärungen beim Aufseher! Und sämtliche nicht erlaubten Sachen sind in der Kammer für persönliches Eigentum abzuliefern. Verstanden?«
»Verstanden.«
Der Käpt'n hat nochmal Schwein gehabt! dachte Schuchow. Und der Käpt'n selber hört nichts, spinnt sein Seemannsgarn beim Wurstessen.
»So, und jetzt«, sagte der Aufseher da, »Sch-311 – ist der bei dir?«
»Muß ich in der Liste nachsehen«, meinte der Brigadier zur Tarnung. »Kann man die denn behalten, die verflixten Nummern?«
Der Brigadier zog die Sache in die Länge, wollte Bujnowskij wenigstens noch die Nacht ersparen, alles bis zur Kontrolle hinziehen.
»Ein Bujnowskij hier?«
»Was? Hier!« meldete sich der Käpt'n unter Schuchows Pritsche unter der Decke hervor.
So gerät die fixe Laus stets zuerst auf den Kamm.
»Du? Ja, stimmt, Sch-311. Los, komm.«
»Wo-wohin?«
»Weißt du ja.«

Der Kapitän seufzte tief auf. Bestimmt hätte er es nicht so hart gefunden, in einer finsteren Sturmnacht mit dem Torpedobootgeschwader auszufahren, als jetzt aus der gemütlichen Unterhaltung gerissen zu werden, um in das Eisloch von Bunker zu wandern.
»Wieviel Tage denn?« fragte er mit versagender Stimme.
»Zehn. Na los, mach schon, bißchen dalli.«
Da schrie der Barackendienst:
»Kontrolle! Kontrolle! Raus zur Kontrolle!«
Also war der Aufseher bereits in der Baracke.
Der Kapitän blickte sich um. Sollte er die Wattejacke mitnehmen? Dann werden sie ihm die Jacke dort herunterreißen und ihm doch bloß die Weste lassen. Also mußte er gehen, wie er war. Einen Augenblick hatte der Kapitän hoffnungsvoll gedacht, daß Wolkowoj vielleicht vergessen würde... aber Wolkowoj vergaß bei niemandem je etwas. So ließ er alle Vorbereitungen sein, steckte sich nicht mal die Tabakschachtel in die Weste. Sie einfach in die Hand zu nehmen wäre Blödsinn gewesen – dann hätten sie ihn beim Filzen gleich geschnappt. Trotzdem steckte ihm Zesar ein paar Zigaretten zu, als er sich die Fellmütze aufsetzte.
»Na dann, macht's gut, Kameraden.« Der Käpt'n nickte der 104. Brigade hilflos zu und folgte dem Aufseher.
Ein paar riefen ihm noch sowas wie »Kopf hoch!«, »Unkraut vergeht nicht!« oder so zu – was konnte man ihm schon sagen? Die Hundertvierer kannten den Bunker, hatten ihn selber gebaut – Steinwände, zementierter Fußboden, von Fenster keine Spur, das Öfchen wurde nur geheizt, damit das Eis von den Wänden abtaute, und das Ergebnis war dann eine Wasserlache auf dem Boden. Schlafen mußt du auf blanken Brettern, daß du dir die Zähne herauszitterst, Brot gibts dreihundert Gramm am Tag, Suppe nur am dritten, sechsten und neunten Tag.
Zehn Tage! Zehn Tage Arrest hier, strenger Arrest und absitzen bis zum letzten Tag – das heißt, daß die Gesundheit fürs ganze Leben

ruiniert ist. Die TBC ist dir sicher, und dann kommst du aus den Krankenhäusern überhaupt nicht mehr raus.
Und wer jemals fünfzehn Tage strengen Arrest absitzen mußte – der fault schon unter der Erde.
So lange du in der Baracke lebst, danke dem Himmel und laß dich nicht erwischen!
»Na los, raus, ich zähle bis drei!« brüllte der Barackenälteste. »Wer dann noch nicht raus ist, den schreibe ich auf und melde ihn dem Bürger Aufseher!«
Der Barackenälteste war auch so ein Oberschwein. Sag doch selber: Sie schlossen ihn genau wie uns die ganze Nacht in der Baracke ein, und er benahm sich wie der Chef vom Ganzen, fürchtete niemand. Im Gegenteil, alle fürchteten ihn. Den einen verriet er an die Aufsicht, den andern haute er selber in die Schnauze. Er galt als Invalide, weil sie ihm mal bei einer Prügelei einen Finger abgerissen hatten, aber er hatte eine Verbrechervisage. Ein Verbrecher war er auch tatsächlich, ein Krimineller, aber neben andern Paragraphen hatten sie ihm auch Paragraph 58, Artikel 14, angehängt, deshalb war er in dieses Lager geraten.
Im Handumdrehen geht das, er schreibt dich auf, meldet dich dem Aufseher – und schon hast du deine zwei Tage Bunker mit Arbeitseinsatz weg.
Langsam schoben sie sich zur Tür, stauten sich allmählich davor, aber von den oberen Pritschen plumpsten sie runter wie die Bären und drängten alle nach der schmalen Tür.
Schuchow, die fertig gedrehte, langersehnte Zigarette in der Hand, sprang behende von der Pritsche, steckte die Füße in die Filzstiefel und wollte schon losgehen, aber Zesar tat ihm leid. Er wollte nicht noch mehr bei Zesar verdienen, sondern Zesar tat ihm von Herzen leid. Er dachte ja eine ganze Menge über sich selber nach, der Zesar, aber vom Leben verstand er rein nichts: Kriegte ein Paket und hielt sich in aller Gemütsruhe damit auf, statt es schleunigst noch vor der

Kontrolle zum Magazin zu schaffen. Das Essen konnte man verschieben. Jetzt aber – was wollte Zesar jetzt mit dem Paket anfangen? Den ganzen großen Beutel zur Kontrolle mit rausnehmen? Haha! – dann hatten fünfhundert Mann was zu lachen. Hierlassen – dann würden sich fix die ersten drüber hermachen, die von der Kontrolle wieder reinkamen. In Ust-Ishma waren die Sitten noch rauher gewesen: Bei der Rückkehr von der Arbeit stürmte das Verbrechergesindel voraus, und bis die letzten reinkamen, waren ihre Schränkchen schon ratzekal ausgeräumt.

Jetzt raffte Zesar hastig alles zusammen, sah Schuchow, aber zu spät. Er schob sich die Wurst und den Speck unter die Weste – wenigstens das mit rausnehmen, wenigstens das retten.

Schuchow bedauerte ihn, sagte ihm rasch, was zu tun war: »Bleib sitzen, Zesar Markowitsch, bis du der letzte bist, versteck dich da im Dunkeln und bleib bis zuletzt sitzen. Erst wenn der Aufseher mit dem Barackendienst die Pritschen abgeht und in alle Ecken linst, dann gehst du raus. Bist eben ein Kranker! Und ich geh als erster raus und komm schnell als erster wieder rein. So machen wir's...«

Und sauste ab.

Zuerst mußte Schuchow sich mit Gewalt durchquetschen, die Zigarette hielt er in der hohlen Hand geschützt. Im Korridor zwischen den beiden Barackenhälften jedoch und im Vorraum wollten sie alle nicht mehr voran, schlaue Bande die, sondern klebten an den Wänden, zwei Reihen links, zwei Reihen rechts – nur in der Mitte hatten sie einen schmalen Gang freigelassen, gerade breit genug für einen: Geh doch raus in die Kälte, wenn du so blöd bist, wir bleiben noch ein bißchen hier. Sowieso den ganzen Tag in der Kälte, und jetzt noch zehn Minuten mehr frieren? Solche Blödiane gibts doch gar nicht. Krepier du heute, ich morgen!

Sonst drückte sich Schuchow genauso an die Wand. Aber jetzt stiefelte er mit langen Schritten nach draußen und grinste noch dazu: »Was schreckt euch denn, ihr Dämelsäcke? Noch keine sibirische

Kälte erlebt? Raus mit euch, wärmt euch in der lieben Wolfssonne! Los, gib mir mal Feuer, Onkel!«

Steckte sich die Zigarette im Vorraum an und trat hinaus auf die Vortreppe. »Wolfssonne«, – so nannten sie in Schuchows Gegend manchmal den Mond aus Spaß.

Hoch stand der Mond schon! Noch ein Stückchen – und dann war er ganz oben! Der Himmel war weiß, ein bißchen grünlich sogar, die Sterne strahlten, jeder für sich. Der Schnee leuchtete weiß, die Barackenwände auch – die Laternen konnten gar nicht dagegen an.

Vor der Baracke dahinten sammelte sich eine schwarze Masse – sie kamen raus, um anzutreten. Und da drüben auch. Und die Rufe von Baracke zu Baracke waren nicht so laut wie das Schneeknirschen.

Unten vor der Treppe standen, mit dem Gesicht zur Tür, fünf Mann und hinter ihnen noch drei. Zu diesen dreien in der zweiten Fünferreihe stellte sich Schuchow. Brot im Magen und ein Zigarettchen zwischen den Zähnen – so konnte man es schon aushalten, hier zu stehen. Gut war der Tabak, der Lette hatte ihn nicht angeschmiert – schön scharf und duftig.

Kleckerweise waren noch mehr rausgekommen, hinter Schuchow standen schon zwei, drei Fünferreihen. Wer draußen war, den packte die Wut: Was drücken sich die Armleuchter da im Korridor rum und kommen nicht raus. Und wir frieren für die zu Eis.

Keiner der Sträflinge bekam je eine Uhr zu sehen, und was sollte er auch damit, mit der Uhr? Der Sträfling brauchte nur zu wissen: Ist bald Wecken? Noch lange bis zum Appell? Bis zum Mittagessen? Bis zum Zapfenstreich?

Trotzdem hieß es, Abendkontrolle ist immer um neun Uhr.

Nur war sie um neun nie vorbei, meistens wurde noch eine zweite und eine dritte Kontrolle drangehängt. Vor zehn kam man nicht zum Einschlafen. Und um fünf, sagten sie, war Wecken. Kein Wunder, daß der Moldauer heute vor Feierabend eingepennt war. Wo dem Sträfling warm wird, da schläft er auch gleich ein. Sonntags wird für die Woche der versäumte Schlaf nachgeholt; wenn man sie am Sonntag nicht herumscheucht, liegen ganze Baracken im Schlaf, alle Mann durch die Bank.

Ho, da wälzten sie sich raus! wälzten sich die Treppe runter! – traten ihnen wohl der Barackenälteste und der Aufseher in den Hintern! So mußte man's ihnen geben, den Viechern!

»He!« riefen ihnen welche aus den ersten Reihen entgegen. »Kommt euch wohl schlau vor, ihr Mistfinken? Noch die Jauche abrahmen, was? Hättet schon längst rauskommen sollen, dann wären wir auch längst gezählt!«

Sie jagten die ganze Baracke nach draußen. Vierhundert Mann – das machte achtzig Fünferreihen. Die Sträflinge stellten sich alle hintereinander auf, vorne strikt zu fünfen, aber hinten wars nur noch ein Sauhaufen.

»Ordentlich antreten dahinten!« bellte der Barackenälteste von der Treppe.

Zum Kotzen, sie treten nicht an, die Hunde!

Zesar drückte sich durch die Tür – mimte den Kranken, hinter ihm erschienen zwei Mann vom Barackendienst der anderen Barackenhälfte, zwei Mann von dieser und dann noch ein Fußkranker Sie stellten sich als erste Fünferreihe auf, so daß Schuchow jetzt auf einmal in der dritten war. Zesar scheuchten sie ans Ende. Und der Aufseher erschien auf der Treppe. »An-treten zu fünft!« schrie er nach hinten. Hatte einen lauten Hals, der.

»An-treten zu fünft!« brüllte der Barackenälteste. Der konnte noch lauter. Sie treten nicht an, Sch...!

Da schoß der Barackenälteste von der Treppe, und drauf und immer feste und auf den Buckel! Er paßte aber genau auf, wen er schlug. Nur die Schlappschwänze knuffte er.

Sie waren angetreten. Er kam zurück. Und dann ging's zusammen mit dem Aufseher:

»Erste! Zweite! Dritte...!«

Jede aufgerufene Fünferreihe nahm die Beine in die Hand und ab in die Baracke. Für heute waren sie fertig mit ihrem »Chef«.
Sie waren mit ihm fertig, das hieß, wenn's ohne zweite Kontrolle abging. Diese Läuse im Pelz, Bumsköpfe die, schlechter als jeder Hirt zählten sie: der kann zwar nicht lesen und schreiben, aber wenn er mit seiner Herde unterwegs ist, weiß er doch immer, ob alle Kälber da sind. Das würde man denen hier nie beibringen.
Vorigen Winter gabs in diesem Lager überhaupt keine Trockenräume, alle behielten ihr Schuhzeug über Nacht in der Baracke – so wurden sie zur zweiten, zur dritten, zur vierten Kontrolle rausgeholt. Nicht angezogen, bloß so, die Decken umgewickelt. Dies Jahr hatten sie Trockenräume gebaut, nicht für alle, aber alle zwei Tage konnte jede Brigade ihre Filzstiefel über Nacht trocknen. Darum hielten sie jetzt die zweite Kontrolle drinnen ab, jagten die Sträflinge von der einen Barackenhälfte in die andre rüber.
Schuchow kam zwar nicht als erster wieder rein, doch ließ er den ersten nicht aus den Augen. Er rannte zu Zesars Pritsche, setzte sich. Riß sich die Filzstiefel runter, kletterte auf die Pritsche beim Ofen und stellte von da aus seine Stiefel auf den Ofen. Wer zuerst kommt, mahlt zuerst. Und zurück zu Zesars Pritsche. Die Beine untergeschlagen, saß er da, mit einem Auge achtete er darauf, daß Zesars Sack nicht geklaut wurde, mit dem andern paßte er auf seine Filzstiefel auf, daß sie nicht runtergestoßen wurden, als die andern das Öfchen stürmten.
»He!« mußte er schreien. »Du da! Rotkopf! Willst wohl den Stiefel in die Fresse haben? Stell deine ab und vergreif dich nicht an fremden!«
Die Sträflinge tröpfelten in die Baracke zurück. In der 20. Brigade schrien sie: »Filzstiefel abgeben!« Gleich lassen sie sie mit den Filzstiefeln aus der Baracke, dann schließen sie die Baracke ab. Und nachher müssen die rumlaufen.
»Bürger Aufseher! Lassen Sie uns in die Baracke!«

Aber die Aufseher sind schon in der Stabsbaracke – nach ihren Brettchen Bilanz machen, ob einer getürmt ist oder ob alle da sind. Na, Schuchow ging das heute nichts an. Da tauchte auch Zesar im Gang zwischen den Pritschen auf.
»Danke, Iwan Denissytsch!«
Schuchow nickte ihm zu, und flink wie ein Eichhörnchen kletterte er nach oben. Man konnte die zweihundert Gramm aufessen, sich ein zweites Zigarettchen genehmigen, man konnte auch schlafen. Nur war Schuchow durch den guten Tag heute so vergnügt, daß er zum Schlafen gar nicht mal Lust hatte.
Schlafengehen war für Schuchow eine einfache Sache: die schmutzigbraune Decke von der Matratze ziehen, sich auf die Matratze legen. Auf einem Laken hatte Schuchow nicht geschlafen seit – na, das mußte einundvierzig gewesen sein, seit er von zu Hause fort war; ihm kam's sogar komisch vor, daß die Weiber sich mit Laken aufhielten, hatten doch bloß mehr zu waschen. Den Kopf jetzt auf das mit Hobelspänen gefüllte Kissen legen, die Beine in die Weste, über die Decke die Jacke und: Gott sei Lob und Dank, wieder ein Tag rum!
Danke, daß ich nicht im Bunker schlafen muß, hier geht's noch.
Schuchow lag mit dem Kopf zum Fenster und Aljoschka, nur durch das Zwischenbrett von Schuchow getrennt, auf der Nebenpritsche, mit dem Kopf am andern Ende, damit er von dem Licht der Birne etwas abbekam. Er las wieder im Evangelium.
Die Birne war von ihnen nicht allzu weit entfernt, man konnte lesen, und sogar nähen konnte man bei dem Licht.
Da hörte Aljoschka, wie Schuchow laut Gott pries, und er drehte sich um.
»Ihre Seele will doch zu Gott beten, Iwan Denissowitsch. Warum lassen sie ihr nicht den Willen, ha?«
Schuchow warf Aljoschka einen schrägen Blick zu. Seine Augen glimmten wie zwei Kerzen. Er seufzte.

»Deswegen, Aljoschka, weil solche Gebete wie Gesuche sind – entweder kommen sie nicht an oder ›Beschwerde abgelehnt‹.« Vor der Stabsbaracke standen so kleine Kästen, vier Stück, versiegelt, die einmal im Monat von einem Beauftragten geleert wurden. Viele warfen Gesuche in diese Kästen. Sie warteten und zählten die Tage: Ob die Antwort nach zwei Monaten oder gar schon nach einem kam. Aber es kam keine. Oder höchstens: »Abgelehnt«.

»Weil Sie, Iwan Denissytsch, zu wenig gebetet haben, nachlässig, ohne Eifer, deshalb ist nicht eingetroffen, um was sie gebetet haben. Man darf beim Beten nicht nachlassen! Und wenn Sie den Glauben haben und sagen zu diesem Berg – gehe dorthin! –, dann wird er gehen.«

Schuchow grinste und drehte sich noch eine Zigarette. Der Este gab ihm Feuer.

»Hör auf mit dem Gequatsche, Aljoschka. Habe noch nie gesehen, daß Berge laufen können. Die Berge selber allerdings auch noch nie. Aber ihr habt doch im Kaukasus da unten mit eurem ganzen Baptistenklub gebetet – hat sich wenigstens einer gerührt?« Arme Tröpfe, zu Gott haben sie gebetet, wen störten sie schon damit? Allen durch die Bank hatten sie je fünfundzwanzig aufgeknackt. Denn so war das jetzt: jeder fünfundzwanzig Jahre. Einheitsmaß. »Aber darum haben wir doch nicht gebetet, Denissytsch«, sagte Aljoschka eindringlich. Er war mit seinem Evangelium näher zu Schuchow herangekrochen, bis dicht vor sein Gesicht. »Von allem Irdischen und Vergänglichen hat uns der Herrgott aufgetragen, nur um das tägliche Brot zu beten: ›Unser täglich Brot gib uns heute!‹«

»Um die Ration also?« fragte Schuchow.

Aber Aljoschka ließ sich nicht beirren, seine Blicke waren noch beschwörender als seine Worte, er zerrte und streichelte Schuchows Arm.

»Iwan Denissytsch! Man soll nicht darum beten, daß man ein Paket geschickt bekommt, oder um einen Extraschlag Suppe. Was bei den

Menschen viel gilt, ist nichts vor Gott! Um geistige Dinge muß man beten, darum, daß Gott der Herr den Abschaum des Übels von unserem Herzen nimmt...«

»Hör lieber zu: Bei uns in Polomnja der Pope...«

»Laß doch deinen Popen!« bat Aljoschka, runzelte sogar die Stirn vor Kummer.

»Nein, nein, hör doch mal.« Schuchow stützte sich auf den Ellbogen. »In Polomnja, in unserer Gemeinde, gibts keinen reicheren Menschen als den Popen. Bestellen sie einen, sagen wir, ein Dach zu dekken, dann nehmen wir von den Leuten fünfunddreißig Rubel den Tag, aber vom Popen hundert. Wenn er auch jammert. Er, der Pope von Polomnja, zahlt drei Weibern in drei Städten Alimente, und mit der vierten Familie lebt er zusammen. Und den Gebietsbischof hat er an der Angel, wenn unser Pope dem die Hand gibt, bleibt immer was kleben. Und alle andern Popen, wieviel sie auch schicken, beißt er weg, mit keinem will er teilen...«

»Wozu erzählst du mir von dem Popen? Die orthodoxe Kirche hat sich vom Evangelium entfernt. Die werden nicht eingesperrt, weil sie keinen festen Glauben haben.« Schuchow rauchte und sah ruhig zu, wie sich Aljoschka ereiferte.

»Aljoschka«, sagte er, während er seinen Arm wegschob und ihm eine Rauchwolke ins Gesicht blies, »ich bin ja nicht gegen Gott, verstehst du. An Gott will ich gern glauben. Nur, an das Paradies und die Hölle glaube ich nicht. Warum wollt ihr uns für dumm verkaufen, warum wollt ihr uns weismachen, daß wir später ins Paradies oder in die Hölle kommen? Das gefällt mir nicht.« Schuchow drehte sich wieder auf den Rücken, er schnippte die Asche hinter seinem Kopf sorgfältig in den Zwischenraum zwischen Pritsche und Fenster, um dem Käpt'n nicht die Sachen anzusengen. Er versank in Gedanken und hörte nicht mehr, was Aljoschka da hastig und undeutlich hervorsprudelte.

»Überhaupt«, meinte er schließlich, »du kannst beten, soviel du

willst, von der Haftzeit streichen sie dir doch nichts ab. Du mußt alles absitzen, vom Wecken bis zum Zapfenstreich.«
»Aber darum sollst du doch nicht beten!« Aljoschka war entsetzt. »Was hast du von der Freiheit? In der Freiheit wird noch der letzte Rest deines Glaubens von Dornengesträuch überwuchert! Freue dich, daß du im Lager sitzt! Hier hast du Zeit, an deine Seele zu denken! Apostel Paulus hat gesagt: ›Was macht ihr, daß ihr weinet und brechet mir mein Herz? Denn ich bin bereit, nicht allein mich binden zu lassen, sondern auch zu sterben um des Namens willen des Herrn Jesu.‹«
Schuchow blickte schweigend zur Decke. Er wußte selber nicht mehr, ob er eigentlich die Freiheit wollte oder nicht. Anfangs wünschte er sie sich sehr, jeden Abend zählte er nach, wieviel Hafttage schon verstrichen waren und wieviele noch blieben. Aber bald hatte er genug davon. Und dann sickerte es durch, daß sie die Sträflinge nicht nach Hause entlassen, sondern in die Verbannung schicken würden. Und weiß der Kuckuck, wo das sogenannte Leben für ihn schöner sein würde – hier oder anderswo.
In der Freiheit hätte er doch nur den einen Wunsch: nach Hause! Und nach Hause werden sie ihn nicht lassen ...
Aljoschka log nicht, man hörte es aus seiner Stimme und las es aus seinen Augen – er war gern Lagerhäftling.
»Siehst du, Aljoschka«, erklärte ihm Schuchow, »bei dir ist das sozusagen eine glatte Sache: Christus hat dir befohlen zu sitzen, und für Christus sitzt du nun auch wirklich. Aber wofür sitze ich? Dafür, daß sie einundvierzig nicht auf den Krieg vorbereitet waren, dafür? War das meine Schuld?«
»Scheint keine zweite Kontrolle zu geben ...« brummte Kilgas von seiner Pritsche her.
»Ja-a!« gab Schuchow zurück. »Das muß man im Kalender rot anstreichen, wenn die zweite Kontrolle ausfällt.« Und gähnte: »Dann wollen wir mal schlafen.«

Und gerade da hörten sie in der still und friedlich gewordenen Baracke das Poltern des Riegels an der Innentür. Aus dem Korridor stürzten die zwei herein, die die Filzstiefel weggebracht hatten, und riefen:
»Zweite Kontrolle!«
Ihnen auf dem Fuße folgte der Aufseher: »Raus in die andre Hälfte!«
Wer jetzt schon geschlafen hatte! Sie knurrten, rappelten sich auf, fuhren mit den Beinen in die Filzstiefel. Die Wattehosen zog keiner aus – ohne sie konnte man unter der schäbigen Decke nicht liegen, würde man erstarren.
»Verdammte Schweine!« fluchte Schuchow. Aber sehr böse war er nicht, weil er noch nicht geschlafen hatte.
Zesar streckte die Hand nach oben und legte ihm zwei Kuchen, zwei Stück Zucker und eine runde Scheibe Wurst hin.
»Danke, Zesar Markowitsch.« Schuchow beugte sich runter in den Gang. »Los, geben Sie mir vorsichtshalber Ihren Sack rauf.« Oben konnten sie beim Durchgehen nicht so schnell was mitgehen heißen, und wer würde auch gerade bei Schuchow suchen. Zesar reichte Schuchow den weißen, zugebundenen Sack nach oben. Schuchow warf ihn unter die Matratze und wartete darauf, daß sie noch mehr rausjagten, damit er nicht so lange mit bloßen Füßen im Korridor stehen mußte. Doch der Aufseher schnauzte ihn an:
»Los, du da in der Ecke!«
Und Schuchow sprang runter. Seine Filzstiefel mit den Fußlappen standen so schön auf dem Öfchen – wäre doch ein Jammer, sie runterzunehmen! Wieviel Latschen er schon genäht hatte – waren immer für andre gewesen, für sich hatte er keine. Aber er war's ja gewohnt, es dauerte nicht lange.
Latschen nahmen sie auch weg, wenn sie sie tagsüber fanden.
Und bei den Brigaden, die ihre Filzstiefel zum Trocknen abgegeben

hatten, war auch jeder froh, wenn er Latschen besaß, sonst mußte er eben in Fußlappen oder barfuß raus.

»Los! Los!« donnerte der Aufseher.

»Wollt ihr einpennen, ihr Luder?« Der Barackenälteste schrie es anschließend.

Sie trieben alle in die andre Hälfte der Baracke und die letzten in den Korridor. Schuchow stellte sich hier an die Wand neben der Latrine. Der Boden unter den Füßen war etwas feucht, und vom Vorraum zog es unten eiskalt rein.

Sie hatten alle rausgescheucht, und nochmal gingen der Aufseher und der Barackenälteste nachsehen, ob sich nicht einer versteckt hatte, ob sich nicht einer ins Dunkle verkrochen hatte und schlief. Denn wenn du zu wenig zählst, ist es Mist, und wenn du zu viel zählst, ist es auch Mist – wieder Nachkontrolle. Jetzt waren sie durch, kamen an die Tür zurück.

»Erster, zweiter, dritter, vierter...« Sie ließen sie schnell einzeln wieder rein. Als achtzehnter quetschte sich auch Schuchow durch. Im Laufschritt zu seiner Pritsche, den Fuß auf den Tritt – ruckzuck! – und oben war er.

So. Die Füße wieder in die Westenärmel, darüber die Decke, oben drauf die Jacke, geschlafen wird! Sie werden jetzt alle von drüben in unsre Barackenhälfte schicken, aber das soll uns nicht kümmern.

Zesar kam zurück. Schuchow reichte ihm den Sack runter.

Aljoschka kam zurück. Bruder Ungeschick, allen ist er gefällig, aber versteht nicht, sich was nebenbei zu verdienen.

»Da, Aljoschka!« Er gab ihm einen Kuchen ab. Aljoschka lächelte.

»Danke! Sie haben doch selber nichts!«

»Iß!!«

Habe selber nichts, stimmt schon – aber wir verdienen uns immer was dazu. Und jetzt das Stückchen Wurst in den Mund! Mit den Zähnen reinhauen! Kauen! Duft von Fleisch! Und Saft von Fleisch, richtiger! Jetzt hatte er's im Bauch.

Und – weg war die Wurst.
Das übrige, beschloß Schuchow, morgen früh vor dem Appell.
Und zog die Decke über den Kopf, die dünne, ungewaschene Decke, hörte schon nicht mehr hin, als sich die Gänge zwischen den Pritschen mit den Sträflingen von drüben füllten, bis die andre Barackenhälfte kontrolliert war.
Schuchow schlief ein, restlos zufrieden. Der Tag war für ihn heute sehr erfolgreich verlaufen: Er war dem Arrest entgangen, seine Brigade hatte nicht zur Sozkolonie gemußt, mittags hatte er sich einen Extrabrei organisiert, das Mauern war ihm von der Hand gegangen, beim Filzen hatten sie ihn nicht mit dem Sägeblatt erwischt, er hatte sich bei Zesar etwas verdient und Tabak gekauft. Und er war nicht krank geworden, hatte sich wieder erholt.
Der Tag war vergangen, durch nichts getrübt, nahezu glücklich.
Solcher Tage waren es in seiner Haftzeit vom Wecken bis zum Zapfenstreich dreitausendsechshundertdreiundfünfzig.
Drei Tage zusätzlich – wegen der Schaltjahre...